僭越ながら、皇帝（候補）を教育します

ただし、後宮入りはいたしません

秋月志緒

ビーズログ文庫

目次

朱樹
皇帝候補兄弟の長男。
プライドの高いオレ様気質で、
莉世を強引に手に入れようとする。
しかし意外と優しい一面も……？
結城莉世／璋莉世
29歳の高校教師……
だったはずが、15歳の少女に転生！
次代の皇帝を選ぶ「凰妃」の運命を背負う。
僭越ながら
皇帝(候補)を教育します
人物紹介

その他のキャラクター

- **皇帝陛下**（こうていへいか）　威圧感に溢れた、鳳国の最高権力者。
- **零玄**（れいげん）　皇帝の腹心の臣。占術師。
- **淑妃**（しゅくひ）　蒼季の母で、彼を溺愛する。
- **光琉**（こうりゅう）　皇帝の従兄弟。左丞相の職に就く。

イラスト／宵宮しの

序章 ―― その姫を娶りし者は

ここ鳳国の地に、色とりどりの金蘭花が咲き始めた、ある初夏の日。

内廷の一角にある皇帝の執務室の中に、朗々とした声が響き渡った。

「――余はいよいよ譲位するぞ」

それを耳にした瞬間、皇帝の第一子である朱樹は、琥珀色の目を見開いた。

長きにわたり鳳国を統治してきた、やり手の皇帝。国の英雄と呼ばれる切れ者の策士は、五十を迎えても病ひとつせず健康であった。そのためいましばらくは王の座を降りる気などないのだろうと予測していたのだが、その地位を譲り渡すといきなり言う。

「譲位……だと？　本気なのか？」

ひとりごとのように呟いたのち、朱樹は拳をきつく握った。

「ということは父上、この朱樹にその椅子を譲られるということですね？」

床につけていた膝を上げ、すっくと立ち上がる。目に映るのは父が座る玉座だ。龍の彫刻が施されたそれは金銀で彩られ、まばゆく輝いている。

（ようやくこの時がきた……約束を果たす、この時が！）

どくんどくんと、自身の心臓が大きく鼓動するのを感じる。せきたてられるように感情が高ぶり、いつしか身体が熱くなっている。

けれど次の瞬間、冷や水を浴びせられたような感覚に陥った。

「何を言う、朱樹。余の息子はおまえだけではないだろう?」

父が、意地の悪い笑みを広げたからだ。

「まさか……長子の俺を、差し置いて……?」

愕然として視線を動かした先には、朱樹とは母違いの弟——十七歳の蒼季がいた。彼はやはり驚いた様子で目を丸くし、朱樹の隣で膝をついている。

朱樹は「はっ」と、乾いた笑声をもらした。

「つまらぬ冗談はやめていただきたい、父上。——それともまさか冗談ではない、とでも?」

腹の内を探るように問うと、父は手にしていた扇をぱちりと鳴らした。と、父の背後に側近である老齢の臣が立つ。名は零玄——御史大夫であり、高名な占術師である男だ。

「昨晩、零玄が鳳凰からの託宣を受けてな」

「鳳凰はこのじじいにこう託されました」

零玄は歌うように言を紡ぐ。

「じきに鳳凰の眷属である姫——『凰妃』が目覚める。彼女を娶りし皇子こそが、この国をさらなる繁栄へと導くだろう、と」

「つまり、どういうことなのですか?」

弟の蒼季が父に問うたが、我慢できずに朱樹が答えた。

「つまり、その凰妃に選ばせるということだろう。俺たちのどちらが、その凰妃とやらの伴侶に適しているか――ひいてはこの国の皇帝に適しているのか」

声に出した直後、ばかばかしくて呆れた。

なぜこんなにも重要な問題を、ひとりの女の判断に託さなければならないのか。いくらそれが鳳凰の意志だとしても、その女がまともな人物か否かもわからないのに。

「茶番だな」

つい本音をこぼすと、父がにやりと薄笑いを浮かべた。

「気が乗らぬのなら降りてもいいのだぞ、朱樹。なれば蒼季の頭上に王冠を載せるまでだ」

知らず、悔しさに拳を握る。父は今回の件を、完全に面白がっている。

（望むところだ……ならばその凰妃とやらを手にし、すぐさま帝位を奪ってやる）

なにせ朱樹には果たさなければならない、大切な約束があるのだから。

「どうぞ楽しみにしていてください、父上殿。どんな女が現れようと、この朱樹が我がものにしてみせますよ」

捨て台詞のように言い置いて、朱樹は父の執務室をあとにした。

第一章――その神獣に選ばれし者は

ひゅるるるっ！　と特徴的な音が響いたかと思うと、赤、青、黄、緑、白――色とりどりの鮮やかな花が夜空に咲く。途端に周囲が明るくなり、観客から歓声が上がる。

少し遅れてやってくるのは爆発音だ。ドンッ！　と鈍い音が胸を震わせた直後、かすかな火薬の匂いと、水の香りが鼻先をかすめる。

「わっ、きれい！　仕事中ですけど、つい見入っちゃいますね！」

六つ年下の後輩教師――鈴木沙織の弾んだ声に、結城莉世、二十九歳は頬をゆるめた。

「うん、本当にきれい」

「あ～あ、こんな日にデートじゃなくて仕事だなんて、最悪ですよね。べつに生徒が遊んでたってかまわないと思うんですけど。見回りなんて必要なくないですか？」

「毎年、会場から離れた場所をうろつく生徒が必ずいるの。問題が起きないよう、わたしたちが目を光らせないと」

しかめっ面の後輩に、莉世は見回り仕事の必要性を説く。

今夜は市の花火大会。莉世が勤務する高等学校の近くで催される、夏の風物詩だ。会場となる湖の沿道には観客や屋台がごった返し、たいへんな賑わいをみせている。

　今年で勤務七年目になる莉世は、この仕事ももう七度目になる。一方、採用されたばかりの沙織は今回が初だ。浴衣姿の恋人たちがあたりを行き交う中、地味な仕事に徹しなければならないのが不満なのだろう。時折思い出したように文句を言っていた。

「そういえば結城先生、今日、誕生日でしたよね？」

　ふいに聞かれて、莉世は声を明るくした。

「覚えててくれたの？　そう。今日で二十九になったの」

「おめでとうございます！　って、プレゼントとかはないんですけど」

「気持ちだけでじゅうぶん嬉しい。ありがとう」

　笑顔を返すと、沙織は哀れむような眼差しをこちらに向けてくる。

「それにしても、誕生日の夜に見回り仕事っていうのもつらいですよね」

「そんなこともないけど。ちゃんと時間外手当だってもらえるし」

「手当って……あ、そういえば結城先生がマンション買おうとしてるって聞きましたけど」

「えっ、誰に聞いたの？」

　いきなり言い当てられて、莉世は驚きを隠せなかった。その件に関しては検討し始めたばかりで、まだ誰にも相談していなかったのに。

「内覧会で見かけた人がいるって……ていうか、絶対にやめたほうがいいですよ！」

「でも、このまま賃貸アパートに住み続けるのももったいないし」

「だって結城先生、結婚の予定も、彼氏もいないんですよね？」

うん、とありのままを答えると、沙織は神妙そうな顔で首を横に振る。

「だったら実家に戻ればいいじゃないですか。最高ですよ、実家。何もしなくてもご飯は出てくるし、洗濯物だって畳まれた状態で戻ってくるし、朝も起こしてくれるし」

「それはそうかもしれないけど……」

なんとも返答に困り、言葉を濁してしまった。なぜなら莉世は、十歳の時に交通事故で両親を亡くし、叔母に世話になった末に成人したからだ。

就職と同時に自立したが、もとよりひとりっ子だった上に祖父母も他界しているため、叔母以外の身内はいない。もちろん、戻れる実家も存在していない。

「とにかく、独身のうちにマンションと犬は買わないほうがいいですよ！　婚期が遠のくってよく言いますからね」

「えっ、そうなの？」

引きつった顔で聞き返した時、莉世の肩掛けバッグの中で携帯電話の着信音が鳴った。周囲の騒音に邪魔をされながら出ると、通話相手は同じ学校に勤務する先輩教師だった。どうやら観覧会場から外れた場所で、高校の生徒らしき数人がうろついているのが目撃されたらしい。途端に莉世の教師スイッチがオンになる。

「指導しに行かなくちゃ」

電話を切るなり踵を返し、早足で歩き始める。湖面を渡る風に吹かれて、明るい栗色の髪と、紺色のワンピースの裾がふわりとなびく。

「あっ、待ってくださいよ！」

　追いかけてくる沙織とともに観覧会場からしばらく歩くと、やがて湖の東の端に着いた。

　そこは雑木が密集する、ひときわ薄暗い場所だった。そのため屋台も出ていなければ、花火目当ての観客の姿も見当たらない。

（東側の雑木林付近にいる、高校生らしき男の子……きっとあの子たちだ）

「あなたたち、高校生でしょ？」

　背格好からそうに違いないと声をかけると、こちらを向いた三人が目を丸くした。

「あれっ、莉世ちゃん先生じゃん」

　驚くことに、彼等は莉世の担任するクラスの生徒たちだったのだ。

　しかも莉世が顧問を務める空手部にも揃って所属しているため、普段から関わりが深い。

「ちょっと、ここで何してるの？　会場外をうろつくのは禁止されてるでしょ？」

「なんだよ先生、あんたも花火を見に来たのか」

　生徒のひとりが、生意気に莉世のことを『あんた』呼ばわりした。

「先生、どうせなら一緒に花火見る？　先生たちも女子二人でつまんないでしょ？」

　別の生徒が、莉世の肩にいきなり腕を回してくる。

「先生たちは仕事中なの。ほら、今すぐこの手をどけて。それから年長者を『あんた』なんて呼んじゃだめだからね」

「まあまあ、そんなに怒らないで、ね？」

「どけないなら、今ここで空手の指南をするけど？」

言うなり息を吸い込んだ莉世は、身をよじって生徒の腕から逃れた。

「えっ、ちょっ、先生⁉」

流れるような動作で生徒の正面に回り、右手を上段横に振り上げる。狙うは彼のこめかみだ。肘と手首を回転させながら垂直に出し、側頭部に手刀を打ち込む寸前で止めた。

「さっすが結城先生！　生徒たちから『ヒト属最強』って呼ばれてるだけありますね！」

黄色い声を上げたのは後輩教師の沙織だ。当の生徒は両手を上げ、「まいりました」と降参の格好をしている。

「いい？　これは体罰じゃなくて、空手部顧問としての指南だからね」

「たしかに、見事な外手刀打ちだったけど」

「とにかく、あなたたちは今すぐ観覧会場のほうに行って。ここで会ったことは、ほかの先生たちには内緒にしておくから」

会場はあっち、と、莉世は賑わっている方角を指さした。

けれどその直後、その場にいた皆が揃ってはっと息をのむ。

「うわっ！　なんだ……⁉」

鼓膜を激しく揺らす風切り音が、突如、間近で聞こえたからだ。

何が起きたの⁉　と身を屈めながら、莉世は天を仰ぐように顔を上向けた。

「なんだあれ……何かいるぞ！」

皆が視線を向けた紫紺の空に、きらりと光る碧玉の双眸が見えたような気がした。

おそらく大きな鳥だろう。夜に溶け込むようにしているが、空気を切り裂き、羽ばたく音が頭上から降ってくる。

ふと背筋が凍りつくような感覚に襲われ、ワンピースの胸元を強く握りしめた。気づけばその生き物は、獲物に狙いを定めるかのように、鋭い眼差しをこちらに向けている。

「危ないから逃げて……！　湖には落ちないで！」

生徒に向けて叫んだ直後、ひときわ大きな花火が上がり、あたりが明るくなった。

（あれは……化け物だ！）

知らず、恐怖に打ち震える。

夜空を舞うように飛んでいたのは、孔雀や雉に似た形の美しい鳥だった。けれどただの鳥ではない。なぜなら大きさと色が凡庸ではないからだ。

赤、青、緑、金、銀――鮮やかな羽に彩られたその体軀は、人が跨がれるほどに大きく見えた。あんなにも巨大な鳥は日本に――いや、世界のどこにだって存在していないはず。

（まるで……鳳凰みたいな）

そう。以前、美術部が催した絵画展で、あのような鳥の絵を見たことがあった。架空の生物である神獣を題材にしたそれには、『鳳凰』との題がつけられていた記憶がある。

「先生、あんたのほうに行ったぞ！」

生徒の声に、はっとした。

「だから『あんた』はやめなさいってば！」

　気づけばその鳥は、矢のような勢いでこちらに向かってきている。距離が近づくほど、その不可思議な姿に身の毛がよだつ。這々の体で雑木の間を抜け、身を屈めてかわしても、翼が生み出す風圧に煽られ、足元がふらついた。

「ああっ……！　そっちはだめ！」

　いつの間に莉世の側にいたのだろう。生徒のひとりが、化け物の攻撃から逃れるため後ずさった。けれど背後はもう湖だ。お願い、届いて！　と、莉世は手をのばし、彼の左腕を全力で引く。はずみで自分自身が前のめりになってしまっても、かまわなかった。

「莉世ちゃん先生……！」

　生徒たちに名を呼ばれた直後、水面を割る音がけたたましく響き渡った。

　湖に落ちた！　そう認識した時にはすでに、生ぬるい水中でもがくように前転していた。

「やだ、結城先生、何やってるんですか！　溺れちゃいますよ！」

　って、好きで落ちたわけじゃないんだけど！　と考えながら水面上に顔を出し、呼吸を整える。このような状況下で平常心を失えば、事故に繋がるということはわかっている。

「先生、大丈夫か！　今、助けるからな！」

「平気！　今、上がるから……！　心配しないで！」

　水泳は得意だから大丈夫。そう自分に言い聞かせながら、岸に上がろうと手をのばした。

　けれど、異変はすぐさまやってきた。いつしか莉世は、湖面の下に引きずり込まれるような水流に捕らわれていたのだ。

「先生？　おい、どうした⁉」

「結城先生！　大丈夫ですか⁉　こっちに来られないんですか⁉」

沙織や生徒たちからの呼びかけに答える余裕は、もうなかった。

（違うの……おかしいの。何か変なの……！）

体の自由を奪われ、たちまち岸から遠ざかっていく。突然の窮地に正気を失い、いけないとわかっていても、じたばたもがいて体力を消耗してしまう。

やがて莉世の口の中に、空気を奪うように水が侵入してきた。

（わたし、死ぬの……？　誕生日だっていうのに、ここで終わりなの……？）

見えない何かに引きずり込まれるように、身体が水の中へと沈んでいく。

頭上に視線をやれば、揺らめく水面の向こうで鮮やかな夏の花火が、弾けて消えた。

「ねえ、莉世ちゃん先生は、どうして先生になろうと思ったの？」
まぶしい光の中をたゆたいながら、莉世は過去の思い出を夢に見ていた。それは今から数か月前の春の日のこと。進路指導中に、とある女子生徒に問いかけられた場面だった。
「先生は進路を迷わなかったの？　だって職業って、たくさんあるじゃない」

「うん……でも先生は迷わなかったな。小さい頃から先生になりたいって思ってたから」

夕方の陽光が差し込む、進路指導室。莉世とテーブルを挟んで向かい合う彼女は、将来を迷う重要な時期だ。それを支え、決断を下す手伝いをするのは、教師の大きな仕事のひとつだと莉世は考えている。

「先生の両親もね、先生だったの。父親は高校の社会科教師で、母親は中学の美術教師」

「だから先生になろうと思ったんだ？」

莉世は微笑みながらうなずいた。

そう。数ある職業の中から教職を目指した理由は、両親からの影響が多分にあった。

教師だった両親は時に厳しく、時に優しく指導にあたり、生前、多くの生徒たちから慕われていた。幼いながらに、それを誇らしく感じていた莉世は、事故で二人が他界したあと、こう思ったのだ。――将来、自分も教師になりたい。多くの人たちから愛された父と母のように、生徒ひとりひとりに寄り添える存在になりたい、と。

「だからがんばったの。勉強も、空手も」

「どうして空手も？　関係なくない？」

「だって自分の生徒に何か危ないことがあった時、助けたいじゃない」

目標を得た莉世は勉学に励み、大学卒業時に教員免許を取得、採用試験にも合格し、願い叶って夢の舞台へと上がることができた。幼い頃、父のすすめで始めた空手も習い続け、今となっては伝統的流派で三段と認められるまでに強くなった。

「そっか。じゃあ先生の生徒になった私は、幸せだね。こうして相談にものってもらえるし、危ないことがあれば助けてもらえるし」

そう言って、女子生徒ははにかむように笑った。

「じゃあそう思い続けてもらえるように、先生ももっと努力しなくちゃね」

生徒が迷った時には、全力で支える。生徒の身に危険が迫る何かが起こった際には、なんとしてでも守ってみせる。なぜなら自分はそのために教師になったのだから。

（それなのに、まさか奇妙な鳥に襲われて、溺れて死んじゃうなんてね……）

しかも祝うべきはずの、誕生日の夜に。

あの場にいた皆は無事だろうか？　自分はちゃんと、生徒たちを守れたのだろうか？

考えて焦燥感に駆られた時、耳元で水音が響いたような気がした。

（どうしてまだ水の音が？　だってわたしは……）

「死んだんだよね……？」

不思議に思って呟けば、思ったよりも声が大きく出て驚いた。

もしかして、まだ生きてるの？　不安と期待を胸に、おそるおそる重いまぶたを上げてみる。そして次の瞬間、あまりのことに驚愕する。

「化け物……！」

目を開けた莉世の前――手をのばせば届くほどの至近距離に、例の巨鳥がいたのだ。

瞬時に覚醒する。反射的に身を起こし、拳を握って臨戦態勢をとった。気づけば長い髪や身体から、冷たい水がしたたり落ちている。

どうやら莉世は、浅い泉の中で、仰向けに寝転んでいたらしい。化け物から距離をとるため座ったまま後ずさると、突如、喧噪が耳に飛び込んできた。

「姫が寝覚めたぞ……！　もしや彼女が凰妃さまか⁉」

「見ろ！　鳳凰さまのお姿の、なんと神々しいことか！」

割れんばかりの歓声が、莉世の身に降り注ぐ。

いったい何が起きているの？　理解できなくて、目を白黒させた。けれど周囲に視線をやれば、自身が置かれている状況が、次第に把握できてくる。

今は夜。莉世が座り込んでいるのは、水が張られた、石造りの泉の中だった。そこに向かい合うようにして、あの巨大な鳥――鳳凰が立っている。

それを目当てに集まったのだろう。周囲には、松明を手にして泉を取り囲む人だかりがあった。何より不思議なのは、その人々が揃って妙な格好をしていることだ。

男は頭に黒い帽子をかぶり、鎧にも似た同色の服を着ている。女は結った髪に飾りをつけ、赤や青や黄――色とりどりの変わった形の衣装を着けている。

人だかりの向こうに見えるのは、赤い提灯がいくつも提がった瓦屋根の建物だ。古い木造建築だろう。彫刻が施された柱や外廊下の手すりは、赤や緑で派手に塗られていた。

（なんなの、これ……）

目を疑うような光景に、莉世は眉根を寄せた。

彼等が喋(しゃべ)っている言葉は理解できるものの、ここが日本のいずれかだとはとても思えない。自分は花火大会中に湖に落ちたはずだが、溺死(できし)したのではなかったのか？　疑問を抱(いだ)いて自身の手や頬にふれてみれば、今までと変わらぬ感覚や感触(かんしょく)がきちんとあった。ということは、莉世は生きている。今、間違いなく。

（どこなの、ここ……全然知らない場所。そう、まるで異世界のような）

異世界。そんなことあるわけがない、と胸の内で否定しながらも、自身の心臓が大きく鼓動(こどう)するのを感じていた。

もしや、迷(まよ)い込(こ)んでしまったのだろうか？

にわかに信じがたいが、自分の生きてきた世界ではない、どこか別の場所に。

（この奇妙な鳥に、襲われたせいで……？）

「おお、鳳凰さまが動かれるぞ！」

その時、眼前に立っていた鳳凰が、天を仰ぐように顔を上げた。

直後、莉世の身体に激しい衝撃(しょうげき)が走る。

首元の皮膚(ひふ)が焼けつくように熱くなり、無意識に手で押さえずにはいられなかった。慌(あわ)ててその箇所(かしょ)に視線をやると、左の鎖骨(さこつ)あたりが真っ赤な光に包まれている。

「ひっ……だからなんなの、これ……！」

やがて光と痛みが同時に引けば、莉世の肌(はだ)には鳥の翼のような形の図が浮(う)かび上(あ)がった。

「鳳凰さまの紋章(もんしょう)だ！　ということはやはりこの方が凰妃さまに違いない！」

ふたたび周囲の人々から歓声が上がる。

(こわい……よくわからないことに巻き込まれてしまってる!)

泉の中、莉世は首元を押さえながら立ち上がった。いつの間に着替えさせられたのだろう。ふと気づけば自身も黄緑色のおかしな形の衣装を身につけている。

「鳳凰さまが飛び立たれるぞ! 皆、邪魔をするな!」

泉の中にいたその鳥が、突如、大きな翼を動かし始めた。

激しい風圧を身体に感じたかと思うと、巨大な体軀がふわりと浮き上がる。やがてそれがゆっくり空へと昇っていけば、皆の視線は一心にそちらに注がれた。

絶好の機会だ! と、その隙に莉世は、身を屈めて人混みの中に紛れ込んだ。

「すみません……通してください、ごめんなさい!」

とりあえず、ここから、少しでも遠くへ。けれどすぐさま背後で声が上がる。

「凰妃さまがいない! どこかへ行かれてしまったぞ!」

凰妃。それが自分のことを指しているのだと推測すれば、心臓を握り潰されるような心地に陥った。いつしか数えきれないほどの足音が、莉世のあとを追ってきている。

(だめ! 水滴の跡を見つけられれば、すぐに捕まっちゃう……!)

そう予感して身震いした、その時だった。

「え……」

突如、誰かに右腕をつかまれ、ぐいと引き寄せられた。

疾走していた莉世は、相手の胸元に飛び込むような格好で止まる。邪魔をしないで！

怒り任せに顔を上げると、そこにはつい見入ってしまうほどに美しい容姿の青年がいた。

（すごい……）

その迫力に、自然と息をのんでいた。

艶やかな黒髪に、透明感のある白い肌。満月のような琥珀色の瞳と、目元を縁取る長いまつげ。整った顔立ちはぞくりとするほど美しく、かすかな色香すら漂わせている。

「こっちだ」

彼は莉世の手を強引に引き、そのまま走り出した。

「えっ、ちょっと……！」

こっち、とはいったいどっちのことだろう。莉世を追っ手から逃がしてくれるつもりなのだろうか？　紺色の衣を着た彼の背を追うことに必死で、問う余裕がない。

彼に連れて行かれるままに、立ち並ぶ木造建築群の間を疾走する。石像や東屋がある庭園を横切り、裏門のような場所からまた違う建物群へと入る。

そうして十数分ほど走れば、やがてとある部屋へとたどり着いた。

「入れ」

中に飛び込んだ莉世は、くずおれるように床に座り込んだ。

どうやら追っ手からは無事に逃げ切れたらしい。あたりは水を打ったように静まり返っていて、自分の呼吸音だけがやけに大きく響いている。

けれど、いったいなぜこんな目にあわなければいけないのだろう？

ぼんやり考えながら顔を上げれば、やはりこちらに顔を向けた青年と目が合った。刃のように鋭い視線にさらされ、莉世の心臓はたちまち跳ね上がる。

二十歳くらいだろうか。高校の生徒たちよりずいぶん大人びているが、莉世よりは間違いなく年下だ。それでもその迫力ある容姿に気圧され、気づけば息をのんでいた。

「あ、あの……」

何から質問すればいいのかわからず戸惑っていると、青年がまたしても莉世の腕をつかんできた。ぐいと引き寄せられ、無理に立ち上がる。その拍子に再度、彼の胸元に飛び込むような形になってしまう。

「ごめんなさい、すぐ――」

離れますから、との言葉は、喉の奥でかき消えた。

なぜかいきなり顎をつかまれ、奪うように口づけをされたのだ。

（え……？）

唇に感じる、生暖かな感触。腰を抱くように引き寄せられれば、やがて口づけはより深くなった。離れる間際に、啄むようなキス。莉世の頭の中は、途端に真っ白になる。

「……唇が冷たいな。身体が冷えてるのか」

呆然としている間に濡れた前髪をなでつけられ、そのまま隣の部屋へと連れて行かれた。

（ちょっと待って……今、何が起きたの？）

ガチャリ。寝室らしきその部屋に入るなり、青年は後ろ手に鍵を閉める。

「鳳凰の託宣などどうでもいいが、おまえを手に入れなければ皇帝にはなれないからな」

彼はひとりごとのように呟いたかと思うと、莉世のことをいきなり押し倒してきた。

「心配するな。ちゃんとよくしてやる」

ふと気づけば、琥珀色の瞳が間近に迫っている。頬に感じるのは彼の呼気だ。ベッドのようなものに押し倒された。そう気づいたのは、両腕に彼の手の温度を感じてからだった。

「どう、して……」

莉世は一瞬、呼吸することを忘れた。

青年は仰向けの莉世に、覆い被さるような格好をしている。捕らえられるようにつかまれた両手首が痛い。脚の間に割り入れられた彼の膝が、莉世の動きを完全に封じている。

彼は莉世の上着の胸元に手を差し込むと、いきなりそこをはだけさせてきた。

「やっ……何するの！」

「鳳凰の眷属であることを示す印……間違いないな」

ぽつりと呟くなり、青年は莉世の首元に顔を埋めてくる。

皮膚をなでる柔らかな髪の感触に、体温がたちまち上昇する。大きな手が頬から首にかけてを這うようにすれば、思わず身体が小さく跳ねた。

「ちょっと待って……待ってってば！」

「暴れるな。優しくしてやれなくなる」

「そういう問題じゃない！」

好きにされてたまるものか！　と、莉世は身をよじって彼の下から逃れようとした。それでも彼が動じなければ、いよいよ戦闘スイッチがオンになる。こうなったら実力行使しかない。押し倒されたままの体勢で、彼の腹部に膝蹴りをお見舞いした。

「くっ……何をする」

ようやく自由になった右手で拳をつくり、それを彼の顔めがけてまっすぐ繰り出す。しかしその正拳突きは、すんでのところでかわされてしまう。

「どういうつもりだ」

「それはこっちのせりふ！　いきなりキスするってどういうこと!?」

キス、という言葉の意味がわからないのか、青年は怪訝そうに眉をひそめた。

「だから、口づけのこと！」

「だが、悪くなかっただろう？」

悪びれもせずに言われれば、莉世の怒りが沸騰した。こうなったらもう彼が非を認めるまでは許さない。ベッドのような所から降り、いつでも攻撃できるようにと体勢を整える。

「今すぐ謝って」

「謝る？　なぜ俺が？」

あとを追うようにして、青年も立ち上がった。

「なぜって、今、わたしを襲おうとしたじゃない！」

「まさか俺に抱かれることが不満だとでも？」

あまりに堂々と聞き返されて、莉世は唖然とせざるを得なかった。

「あ、あなたそれ、本気で言ってるの？」

「おまえこそ正気か？　俺を知らないわけじゃあるまい？」

その口ぶりから察するに、おそらく彼は、とても身分の高い人物なのだろう。部屋の調度品や身につけている衣服から、かなり裕福であることも見て取れる。

けれど中身はまるでだめ。特権意識が強い、ただの傲慢男に思えた。

「あなたがどこの誰かなんて知らないし、どうだっていい。だって、とてもまともな人だとは思えないもの」

「おまえ……」

苛立っているのか、それとも面白がっているのか、青年は腕を組むなりくつくつ笑った。

「なるほど、よほど世間を知らぬらしい」

「どうもお世話になりました。二度と会いたくないので永遠にさようならお元気で」

ひと息で言い切った莉世は、さっさとこの場を立ち去ろうと扉へと向かう。けれど。

「食べかけの獲物をみすみす逃がすと思うか？」

背後から腕をつかまれ、強い力で引き寄せられた。

「わたしは獲物なんかじゃない。ばかにしない──で！」

振り返るなり大きく踏み込み、青年の脇腹を狙って蹴りを繰り出す。

「くっ……かなりの跳ねっ返りだな」

避けきれなかったのだろう。うめき声をもらした彼は、「待て」と右手を前に出した。

「一度中止だ。まずは話を――」

「それよりも謝罪が先！」

攻めの手は緩めない。今度は彼の膝裏に横蹴りをくらわせ、床の上に仰向けに転がす。

その上に馬乗りになり、首元に手刀を突きつけた。

「いい？　これは体罰じゃなくて指南だから。これに懲りたら考えをあらためてよね」

自然と口から出たのは、空手部の生徒たちが悪事を働いた際に言っているせりふ。

「おまえは……いったい何者だ？　女官服を着ているが、ただの女官が凰妃として目覚めたわけではないな？」

彼は莉世の下で、訝しげに眉をひそめている。

「わたしは結城莉世。私立高校に勤める、いち教師だけど」

女官服？　と疑問を抱きながら、莉世は自身の名を告げた。と、その直後、ふと部屋の隅に置かれていた鏡が視界に飛び込んでくる。

「え……」

知らず、息をのんでいた。

（ちょっと待って、どうして……？　だって、これって……）

そんな、と愕然とする。嘘だ、そんなことあるわけがない、と。

「どう、して……」

呆然と立ち上がった莉世は、部屋の隅にある鏡へ、おぼつかない足取りで歩み寄った。

そこに映った自分の姿へ、おそるおそる手をのばす。

コンプレックスでもある丸顔、年齢(ねんれい)のわりには幼く見える顔立ち、長い栗色の髪に、やや低めの身長。それらは間違いなく莉世自身だった。

けれど、違う。あきらかに見た目が若返っている。

最近の莉世からは失われていたはずの肌の透明感、頬の張り、血色のよい桃色(ももいろ)の唇。

鏡の中にいたのは、まるで十四、五歳の少女の頃のような自分だったのだ。

「うそでしょ……なんなの、これ……だってそんなこと……」

(ああ、だめだ……もう本当に無理)

次々と巻き起こる事態に、心身ともに限界。頭から血の気が引き、強い目眩(めまい)に襲われた。

目に映るすべてのものがぐるぐると渦(うず)を巻き、急激に気分が悪くなる。

そうこうしているうちに意識が薄(うす)れていく感覚に襲われ、鏡に寄りかかるようにしてまぶたを閉じた。

「おい、どうした?」

問いかける青年の声は、どこか遠くで響いていた。けれどそれが現(うつつ)のものなのか、それとも夢の中のものなのか、その時の莉世にはもうわからなくなっていたのだ。

「朱樹さま、こちらにおいでですか！　朱樹さま！」

けたたましい声とともに、ドンドンッと断続的に戸を叩く音が、莉世の意識に刺さった。

何が起きたの!?　ただちに覚醒し、反射的に目を開く。

最初に視界に入ってきたのは、見慣れぬ紺色の天井と、そこから垂れ下がる同色の布だ。それが天蓋であることに気づいた莉世は、勢いよく身を起こした。

（そういえば、おかしな場所に来ちゃったんだっけ……）

しかも自身の姿が若返り、少女のようになっていたのだから吃驚仰天だ。

どうやら昨夜は、気を失うような形で眠ってしまったらしい。あの青年がベッドのような場所に運んでくれたのだろうか。様子をうかがうようにあたりを見回せば、寝室らしき室内には、黄金色の朝日が差し込んできている。

（この肌の感触……まだ若返ったままだ、きっと……）

衣装の胸元を、両手できつく握りしめる。見知らぬ光景に心許なさを覚えるが、いつまでも不安がっていてもしかたない。新しい一日の始まりだ。今日は状況把握と打開に努めようと、どうにか気持ちを立て直した。

「朱樹さま！　ここをお開けください、朱樹さま！」

扉の向こうからは、いまだ矢のような催促が続いている。と、部屋の隅の長椅子に、あの青年——朱樹という名前らしき彼が横たわっていることに気づいた。

「ちっ……もう露見したか」

さすがに寝ていられなかったのだろう。彼はぶつぶつ文句を言いながら、気だるげに起き上がる。その姿を目にして、莉世の胸中に、怒りがふつふつと湧き上がってきた。

（まさか、寝てる間に何かされてないよね？）

何せ昨夜、キスをされたばかりか、襲われかけたのだ。

慌てて視線をやれば、乱れのない衣服や寝具が目に入り、ほっと安堵の息がもれる。

「目覚めたか」

こちらに気づいた朱樹が、欠伸を噛み殺しながらやってきた。

その直後、ひときわ大きな声が響き、部屋の扉が外側から破られる。

「無礼は承知で突破させていただきます！　こちらに凰妃さまがいるのでしょう!?」

唖然としている間に、男たち数人が部屋の中になだれ込んできた。かと思うと次の瞬間、莉世の視界に映る光景が目まぐるしく変わる。

（え……？）

あろうことか朱樹は、またしても莉世のことをベッドのようなものに押し倒したのだ。

「ああ、やはりこちらに——朱樹さま!?」

黒い帽子をかぶり、鎧のような衣服を着た男たちは、揃って驚きの声を上げた。

無理もない。この状況はどう見ても、男女の情事の最中だろう。

「ちょっと、あなたまた……！」

噛みつくように文句を言いかけたところで、大きな手に口をふさがれてしまった。

「——ほう、凰妃をお抱きになりましたか、朱樹さま」

やがて兵士のような男たちの背後から、白髭をたくわえた老人が現れる。結った白髪の上に、冠のような帽子をかぶった彼は、兵士たちとは異なる黄色の衣装を着けていた。

(この人……どこかで会ったことがある？)

朱樹に組み敷かれたままの体勢で、ふとそのようなことを思った。濃い緑色の瞳に、どことなく見覚えがあったのだ。

「抱いたか否か、聞かなくてもわかるだろう、零玄よ」

「さて、この状況だけではなんとも判断しかねますなぁ」

「ねだられて今、ふたたび可愛がろうとしていたところだ。邪魔してくれるなよ？」

朱樹は莉世の口元を手で覆ったまま、これ見よがしに額に唇を寄せてくる。

ふざけるのもたいがいにして！　と、莉世は反射的に足を出した。朱樹の腹部に膝蹴りをお見舞いし、痛みに顔を歪めた隙に、彼の下から這い出し自由になる。

「嘘です！　抱かれてなんていませんから！」

逃げるように立ち上がり、声を大にして主張した。

「なるほど、凰妃はこうおっしゃられていますが、さていかに」

「照れているんだろう。あるいは昨夜がよすぎて、夢とでも思ったか」

朱樹はあっけらかんとした顔で、そう言い放つ。

「嘘吐くのはやめて。なんなら力ずくで本当のことを言わせてあげましょうか？」

怒りに拳を握っていると、零玄と呼ばれた男が、「まあまあ」と莉世をなだめてきた。

「何が真実かくらい、この老いぼれ、わかっておりますぞ。ですからどうぞその拳をしまってやってくだされ。これでも一応、我が国の第一皇子殿下でいらっしゃいますのでな」

「え？　皇子？」

小説や漫画の中でしか聞かないような単語に、莉世は眉根を寄せた。

「おや、ご存じありませんでしたか」

あたりまえだ。そんなこと、莉世が知っているはずもない。

「しかし朱樹さま、まさか凰妃を寝所に連れ込むとは……ずいぶんと汚いことをされましたのぉ。それでいて絶好の機会を逃すとは、なんとも情けない」

零玄は、小馬鹿にしたような笑みを浮かべた。

「なるほど、零玄、この俺で遊ぶつもりか」

「いやはや、それにしてもなかなか肝の据わった凰妃ですのぉ。これは楽しみじゃ」

「そんなことより、ここはいったいどこですか？　その『凰妃』って？」

何より現状を把握したくて、莉世は零玄に詰め寄った。

「教えてください。自分の身に何が起きているのか、知りたいんです」

「ではこのあと、たんと説明させていただきましょう。我が鳳国の、皇帝陛下の御前でね」

どうやらここは『鳳国』と呼ばれる場所らしい。初めて耳にするその国名に、やはり自分は異世界に迷い込んでしまったのだと確信する。

「ささ、あちらから外へ。まずは着替えたほうがよろしいですかのぉ」

「いえ、それよりも早く説明を！」

そう懇願するも、結局は零玄にうながされ、外廊下へ出されてしまった。

さんさんと降り注ぐ朝日。おそらく季節は夏の終わりあたり、時刻は朝の七時頃だろう。やや秋めいた風が、頬をなでるようにして吹き抜けていく。

外廊下の部屋の前には、兵士らしき男たちが数人、整然と並んで立っていた。と、その中にひとり、あきらかに毛色の違う青年が交じっていることに気づく。

無意識のうちに眺めてしまっていると、その彼がすぐさまこちらにやってきた。

「君が凰妃？」

朱樹とはまた違った印象の、華やかな顔立ちをした美形だ。

歳は莉世の生徒たちと同じ十七歳くらいだろうか。結われた長い髪は珍しい銀色で、優しげに細められた目元には、紫色の瞳が輝いている。

「ねえ、君だろう？　僕の妻になってくれる凰妃って」

その意味が理解できずに黙っていると、彼はなぜか莉世の耳元に唇を寄せてきた。

「名前を教えて。凰妃なんて名称じゃなくて、君の名を知りたい」

「名前……？　結城莉世ですけど」

「莉世。可愛い響きだ。何度でも飽きずに呼びたくなるような、ね」

いきなり甘い声で囁かれて、どうしていいのかわからず、莉世はどぎまぎした。

いったい誰なのだろう、この彼は。見るからに上等そうな衣装を身につけているけれど。

「ねえ、今、僕が何を考えているかわかる？」

いきなりそんなことを聞かれても、わかるはずもなかった。

「今すぐにでも君と親しくなりたいと思ってる」

「あの、すみません、あなたはどなたですか？」

「僕のことならいくらでも教えるよ。でもその可愛い唇に、僕を知ってもらったあとだ」

唇。まさかキス？　唖然としている間に顎をつかまれ、顔を上向けられた。

「いくつもの言葉を交わすより、このほうがずっと距離が縮まると思わない？」

「い、いえ！　まったく思いませんけど……！」

突然の展開に焦りながらも、莉世は次第に冷静さを取り戻し始める。

「あの……とりあえずこの手、離してもらえますか？」

まずは一度、距離をとろうと、顎に添えられた彼の手を必死に払いのけた。

「残念だな。一度したらきっとくせになるのに」

「一度したら、って……」

「ふぉっふぉっ、凰妃、そちらはこの国の第二皇子、蒼季さまです」

第二皇子。ということは、朱樹の弟？

零玄に言われて振り返れば、いつしか彼と朱樹が背後に立っていた。

「久しいな、蒼季。三月ぶりか」

朱樹はやや強ばったような表情で、弟に声をかける。けれど一方の蒼季は、返事をすることなく、すぐさま視線を逸らしてしまった。

（これは……どちらの皇子も問題ありに思えるけど）

自分の生徒たちの中にも、これほど強烈な個性を持つ者はいなかった。

そんなことを考えながら、莉世は肺が空になるほどの息を吐いた。


その後、莉世は別部屋で着替えをさせられた。

侍女のような女たちに着せられたのは、ビスチェのような形をした上着に丈の長いスカートがついたもの、そして真っ赤な布地に金銀の刺繡が刺された豪奢な衣だ。さらに髪を結われ、化粧をほどこされ、首や耳に金細工の宝飾品を飾られる。

そうして身支度を済ませたのちに連れて行かれたのは、内廷という場所にある一室だった。そこはこの国の皇帝陛下の、ごく私的な執務室らしい。

「そなたが凰妃か」

しんと静まりかえった部屋の中に、朗々とした声が響いた。

　やがて床に膝をついた莉世の前に、端整な顔立ちをした、五十そこそこに見える男が現れる。鮮やかな紫色の衣をまとい、龍の彫刻が施された椅子に座った彼こそが、この国の長である皇帝なのだという。

（すごい威圧感……）

　穏やかな表情をしているのに、琥珀色の瞳はちっとも笑っていない。刃のように鋭い雰囲気は、彼の息子である朱樹と出会った際に感じたものとよく似ていた。

「さて陛下、凰妃は状況をまったく把握しておらぬようですが」

　皇帝の背後に立つのは零玄だ。莉世の横には朱樹、蒼季の皇子たちが膝をついている。

「ならば零玄、おまえが説け」

「では僭越ながらこの老いぼれが」

　零玄は白い髭をなでつけながら、一歩、前に出た。

「ことの始まりは、鳳凰からの託宣を、占術師であるこのじじいがいただいたことです」

　彼は歌うような調子で続けた。

「それは今から三月ほど前のこと。『じきに鳳凰の眷属である姫――『凰妃』が目覚める。彼女を娶りし皇子こそが、この国をさらなる繁栄へと導くだろう』というものでございました。折しもその前日には、陛下が内々に御譲位をお決めになられていた。そのため陛下は、その凰妃を娶った皇子を次代の皇帝に命じることを決定なされたのです」

なんでも鳳凰とは、青龍、白虎、玄武と合わせて四神と呼ばれる神獣のことらしい。五色の羽を持つ大鵬で、ひとたび羽ばたけば千里を翔けるのだという。

（昨夜、花火大会の時に襲われたあの奇妙な鳥が……）

やはり鳳凰だったということなのだろう。

「この国は、千年前とも言われる建国の頃より、鳳凰を崇め続けてまいりました」

「その瑞獣からの託宣となれば、もはや至上命令と同等」

そうつけ加えたのは皇帝だ。

「それで……まさかわたしが、その『凰妃』だと……？」

おそるおそる問うと、零玄はあっさりうなずいた。

「昨夜、あなたさまがおられた場所は、鳳凰の神殿の中にある泉。そしてあなたさまを守るように立っていたあの神獣こそが鳳凰ですからのぉ、もはや疑いようがありますまい」

「ちょっと待ってください、そんなことあるわけありません！　……たしかにわたしは昨夜、鳳凰らしき鳥に襲われて湖に落ちました。なぜだかわからないけど、目覚めたらあの泉の中にいました。だからってわたしがその、凰妃？　であるわけないじゃないですか」

混乱する気持ちが、口から次々あふれ出した。

「それにわたしの身体、おかしいんです。本当のわたしはもっと歳をとっているはずなのに、なぜか若返っていて……なにがなんだか、もう……」

けれど零玄は、さらに話を押し進めようとする。

「あなたさまが凰妃であることを示すものが、もうひとつ。あなたさまの首元にある、炎（ほのお）の翼（つばさ）を象（かたど）った印です。それは鳳凰の紋章（もんしょう）にほかなりません」

皆（みな）の視線が、一様に莉世の首元に注がれる。昨夜、赤い光とともに確かにそこに現れた印。それはいまだ消えずに衣の下に刻まれていた。

「そんなことを言われても……どうしてこれがあるのかもわからないのに」

「私どもも詳細（しょうさい）な経緯（けいい）はわかりませぬ。けれど鳳凰が、一女官であったあなたさまを、次代の王を選ぶ『凰妃』として定められた。それだけは動かしがたい事実ですのでなぁ」

そこで莉世は、ふと疑問を覚えた。

「一女官って……誰のことですか？」

たしか昨夜、朱樹もそのようなことを言っていたような気がする。『女官服を着ているが、ただの女官が凰妃として目覚めたわけではないな？』と。

「誰とはまたおかしなことを。あなたさまにほかなりますまい」

零玄は淡々（たんたん）と続ける。

「あなたさまは昨日まで、後宮で女官として働いておられた。下級女官だったゆえ、王族の皆さま方のお顔に覚えがないのも無理はありませぬが……名は『璋（しょう）莉世』、歳は十五。幼い頃にご両親を亡（な）くし、長らく叔母上（おばうえ）に育てられたとか」

「あ……」

「あなたさまで間違いありませぬな？」

璋莉世。その名を聞かされた刹那、頭を鉄槌で殴られたかのような衝撃を受けた。

嘘だ、そんなことあるわけがない。そう否定しつつも、『璋』という自分の姓、この国での後見人である叔母の顔、後宮での女官としての生活、同僚の姿――記憶の断片のようなものが、次々と脳裏に浮かんでは消えていく。

（そんな、だってわたしは、昨日まであの世界で生きていて……）

そう、自分はつい昨日まで、日本という国で生きていたはずだ。教職に就き、『莉世ちゃん先生』と呼ばれ、たくさんの生徒たちに囲まれていた。

それにあの花火大会の夜を、鮮明に思い出すことができる。弾ける光の花、鼻先をかすめる火薬の匂い、偶然会った生徒たちの声――それらはやはり、つい昨夜の出来事だった。

けれどそれと同時に、零玄の言葉を裏づけるような記憶がうっすらと存在しているのもたしかだ。あの黄緑色の女官服は、今思えば毎日袖を通していた馴染みのあるものだったかもしれない。勤務を終えた昨夜は、誕生日だからと同僚の皆が祝ってくれ、幸せな心地で眠りについたような気もする。そして目覚めたら。

（あの泉に、鳳凰とともにいたんだ……）

莉世はごくりと息をのんだ。

では結城莉世はやはり、あの花火大会の夜に死んでしまったのだろうか？　鳳凰に襲われ、湖に落ち、生徒たちの目の前で溺死するという最悪の形で。

「どうされたのです。まさか昨日までのことを忘れてしまったわけではありますまい？」

零玄の問いかけは、もはや莉世の耳には入ってこなかった。

（たとえば、よ。たとえばの話だけど……）

昨夜、自分は死んでしまったと仮定する。

けれどおかしなことに、莉世の脳裏には、この国での昨日までの記憶がぼんやりと存在している。後宮で働く下級女官、瑋莉世、十五歳としての記憶が。ということはもしや。

「生まれ変わった……？」

そう、異世界に迷い込んだのではなく、生まれ変わったのだ。それも、十五年も前に。

「だって……生まれ変わりなんて、そんなこと……」

零玄の話と自分の記憶を信じるならば、十五年前、莉世は鳳凰に襲われ、湖に落ちて命を終えた。直後、ここ鳳国で新たな生を受け、成長した。そして十五の誕生日を迎えた夜に、なぜだかわからないが、前世の記憶と人格を取り戻し、凰妃として目覚めたのだ。

そう考えれば、すべてに辻褄が合ってしまう。自身の外見が、若返った理由も。

「わたしは……」

震える拳を握りしめ、うつむけていた顔を上げた。

いつしか額には冷たい汗が大量に浮かんでいる。きっと顔色もひどく悪いに違いない。

「わたしに……何をさせるおつもりなんですか？」

朧げな意識のまま問うと、皇帝がにやりと笑った。

「先ほど零玄が言ったとおりだ。そなたには余の息子二人のどちらかを、夫に選んでもらいたい。そしてそなたが選んだその男こそが、次代の王となる」

「あの、つかぬことをお聞きしますが、もしわたしがその役目を辞退した場合は……」

「そなたの叔母の家――璋家を取り潰すまでだな」

つまり拒否権は与えられていない、ということだ。

（ひどい……そんなこと言われたら、従うしかないじゃない……！）

けれど、どうしてもこのままうなずく気にはなれなかった。なぜなら了承したその瞬間に莉世の運命は曲げられ、不自由なものとなってしまうことが明白だからだ。

（ただでさえ鳳凰に殺されて、生まれ変わりを強いられたかもしれないのに……）

これ以上、自分の人生、めちゃくちゃにされてたまるものか。

そう決意した直後、胸中に怒りの感情がむくむくと生まれ出る。

それはやがて力に変わり、莉世の背筋をまっすぐにした。

「陛下、ご提案があります……！　というか、わたしの願いをきいていただきたいんです」

抵抗する意志が、声に宿ったような気がした。

「ほう。して、その願い、とは？」

「それは……その、なんて言えばいいのか……」

しばし考え込んだのち、莉世は、これだ！　と、ぽんと手を叩く。

「わたしと取引をしてくださいませんか？」

こちらの覚悟を感じ取ったのか、あるいはこれから口にする内容を察したのか、皇帝は皇子たちを部屋から下がらせた。つまり執務室には莉世と皇帝、そして零玄のみとなる。

「申してみろ」

「まずはわたしの状況に関して、説明させていただきたいんです」

ひとつ、深呼吸。震える声でどうにか、自分が推測した事の経緯を話して聞かせた。

十五年前のとある夜、鳳凰に襲われ、生まれ変わりを強いられたこと。そして昨夜、前世の『結城莉世』としての記憶を取り戻したことを。

「なるほど。それが鳳凰の言う『凰妃の目覚め』であるなら、凰妃に選ばれたのは前世のそなた、ということになる」

「その上でご提案をさせていただきたいのですが……」

吉と出るか凶と出るか、一か八かの賭けだった。

「わたしは前世、教師として多くの生徒と関わってきました。ですから人を見る目はあると思う――いえ、あります。それに空手――武術も身につけているので、有事の際にも対応できます！　おそらく、皇子殿下方とじっくり向き合うことができると思うんです」

まずは自分の長所や売りを必死に口にする。

「それに、皇子殿下方の教育のお手伝いをすることだって可能です！　失礼ですが、それぞれに難――いえ、個性がありすぎる方々だと感じましたので……」

「で、そなたの望みは」

「陛下のご命令どおりに、凰妃として、次の皇帝を全力で選ばせていただきます。代わりに、そのお相手との結婚はご容赦いただきたいんです！　皇帝の選定が終わったあとは、お願いですからわたしを自由にしてください……！」

「次代の王妃になることを望まない、と？」

「だってあの二人、とてもまともじゃ――」

なさそうだもの、と言い切る前に、しまった、と慌てて口を閉じた。いくらなんでも親の前で子供を『まともじゃない』とは、御法度だ。

「ご、ごめんなさい……！　ええと、つまりわたしが言いたいのは――」

しかし皇帝は、「ははははっ！」と盛大に破顔した。

「そのとおり、あれらはとてもまともではない。恥ずかしい話だが、今のままでは到底皇帝など務まらぬだろう」

「だったらなおさらわたしに教育させてください！」

莉世は前のめりになって言った。

「教育。それはどのように？」

「それは……礼儀礼節とか、人として大切な心持ちの部分になりますが……とにかく彼等を教育します。必ず立派な皇子にしてみせますから！」

だからどうか自由を与えてください！　と、莉世は重ねて懇願する。

すると皇帝は、「ふむ」と数秒考えるようなそぶりを見せたのち、目を細めた。

「面白い。その取引に応じよう」

「本当ですか!?」

「陛下、なりません」

間髪入れずに零玄が割って入ってきた。

「それでは鳳凰の託宣を違えることになります。当初の予定どおりにことを――」

しかし皇帝はすっと右手を挙げ、零玄の言を遮る。

「もう決めたことだ。実際、あれらには手を焼いていたからな。今のまま帝位を譲ったところで、いずれ国が傾くのは明白だ」

「ですが……」

「取引成立だ。頼んだぞ、凰妃」

「は、はい……!」

思わぬ結果に、莉世は身震いした。だめもとで持ちかけた取引なのに、まさか了承してもらえることになるなんて、僥倖だ。

「ありがとうございます……！　必ず結果を出してみせますので！」

実際、莉世には自信があった。七年間、教師として勤めてきた自分だ。その経験はきっと、彼等に対しても役に立つに違いない。それに自分の生徒たちとそう歳が変わらない彼等のことをこのまま放っておきたくはないと、教師としての血が滾り始めてもいた。

「ただし条件を二つ加える。期限は三月後の本日の日付まで。そして婚姻の件がなくなったことを、皇子たち含め誰にも明かしてはならぬ。託宣を違えることが知れたらことだ」

三か月。かなり短い期間だが、これ以上、こちらの希望を押し通すことは難しいだろう。

「――はい。わかりました」

覚悟を決めて、深々と頭を下げる。

と、その時、「失礼いたしますわ」との声とともに、部屋の扉が外側から開かれた。

「なんでもいよいよ凰妃が出現したとか。わたくしにもぜひ紹介してくださいませ」

視線を向けた先には、金色の艶やかな衣装を身につけた、美しい女が立っている。

年齢は三十代半ばくらいだろうか。結い上げられた髪にはたくさんの簪がさされ、首や耳元には派手な装飾品が輝き、一目で身分の高い女性であることが知れた。背後に控えるのは、揃いの衣装を着た幾人もの女たちだ。おそらくお付きの女官だろう。

「これはこれは淑妃さま、いったいどうなされましたか」

すぐさま零玄が声をかけたが、淑妃と呼ばれた彼女は応えることなく中へ入ってきた。

「まあ、そなたが凰妃？　……あらまあ、ずいぶん可愛らしいこと。かように目を丸くして……まるで鯛の群れに放り込まれた鮒のよう」

莉世の眼前に立った彼女は、遠慮することなく好奇の眼差しをぶつけてくる。

「そなた、次の皇帝には必ずわたくしの皇子を選んでちょうだいね。血迷っても第一皇子なんて選んではだめよ。あの者の性根は最悪だもの。その点わたくしの皇子は――」

「淑妃」

言を遮ったのは皇帝だ。

「あれらをどう評するかは凰妃次第だ。何人たりとも介入することは許さぬ」

けれど淑妃はこともなげに微笑む。

「あら、わたくしは善意でお話ししているのですよ。見たところ凰妃はいまだ幼い。正しい判断ができるか否か、疑問だとは思いませんこと？」

「しかし淑妃さま、彼女は鳳凰に選ばれし女人。ご心配には及びませぬぞ」

「黙りなさい、零玄。今にも死にそうな老人の意見など、わたくしは聞いてはおりませぬ」

淑妃はふたたび皇帝に矛先を向ける。

「そもそもこの場になぜわたくしが呼ばれなかったのか、はなはだ疑問ですわ。わたくしの皇子の将来に関わることですもの、わたくしも同席する必要がございましょう？　そういう点でも陛下にしっかりお考えいただかないと、今後も何かと支障が――」

「淑妃、そなたは余の機嫌を損ねに来たのか？」

地を這うように低い声音が、皇帝の口から発せられた。

「去れ。そなたの声を耳にすると頭が痛くなる」

「あらまあ、それは由々しきことですわね。そうだわ、わたくし付きの医師はとても優秀ですの。早急にこちらに呼び寄せましょうか？」

「淑妃さま、それには及びませぬ。陛下は本日もご予定が詰まっていらっしゃるゆえ、どうかお引き取りくださいませ」

間を取りなすように零玄が言えば、ようやく淑妃は去る気になったようだった。

「では今日のところは下がらせていただきますわ。――凰妃、期待していますよ。そなたが誤った判断をすれば、数多の死人が出るおそれがあることをゆめゆめ忘れぬよう」

最後までにこやかな表情のまま、お付きの女官を従え、部屋から去っていく。

その勢いに完全にのまれ、莉世は唖然としてしまっていた。

気品に充ち満ちた優雅な貴婦人。笑う声は鈴のように軽やかで、仕草のひとつひとつはつい凝視してしまうほどに洗練されたものだった。だからこそ、より恐怖を感じてしまう。

「今の御方は、第二皇子である蒼季さまのご尊母さまです」

零玄の説明に、疑問を抱かずにはいられなかった。

「ということは、第一皇子とは母親が違うということですか？」

「おっしゃるとおりです。ちなみに先ほどの御方は淑妃という、今の後宮で最上位にあられる御方。――はて、女官であったあなたさまは覚えていらっしゃいますかな？」

いいえ、と首を横に振る。

自分がこの世界で十五年、生きてきたということは、漠然と理解できた。けれど記憶はうっすら。まるで靄がかかったように不明瞭で、ほとんどのことを覚えていないのだ。

「零玄、あとはおまえに任せる。余は左丞相に用があるゆえな」

「陛下、その前に少々お時間をくださいませ」

「小言は聞かぬぞ？」

皇帝が扇を鳴らすと、莉世の背後にある戸口から数人の侍女らしき女たちが現れた。

「ささ、凰妃さまはどうぞお隣のお部屋へ」

どうやら皇帝と零玄の話が終わるまで待機せよ、ということらしい。導かれるまま、立ち上がって踵を返す。

これから自分がどうなってしまうのか、正直、不安は拭えなかった。けれどやるべきことと真摯に向き合うしかない。そう考えて、莉世は下唇をきつく噛みしめた。

「で、零玄よ、どうせ託宣の件だろう？」

臣とふたりきりになるなり、皇帝はさっそく口を開いた。零玄の要件は、あえて聞かずともわかっている。が、ここで自分の考えを明確に伝えておく必要があった。

「どういうおつもりか、この老いぼれに説明していただけますかのぉ、陛下」

背後からは、呆れたように溜息を吐く音。

「どうもこうもない。おまえの予見どおりだ」

前を見据えたまま応えると、重ねて息を吐く気配がした。

「ということは、凰妃と交わした約束は反故にする、ということですな？」

言われて口元に笑みが浮かんだ。さすが腹心の臣。自分の思考傾向をよく理解している。

「鳳凰の託宣を違えるつもりは毛頭ない。——が、取引に応じなければ、あの娘の意欲は

「応じたふりをして、あとで強引に婚姻させる、と。ずいぶん悪趣味ですなぁ」

「今に始まったことじゃあるまい？」

言いながら、皇帝はすっくと立ち上がった。すでに太陽は空に昇り、陽光を惜しみなく降り注いでいる。急がなければあとの予定に支障が出てしまうだろう。

「おまえは今日の会議は欠席しろ」

「御意。凰妃に関わるあれこれを進めさせていただきます」

深々と礼をする零玄を残し、皇帝は執務室をあとにした。

「さて、これであいつも目覚めてくれればよいが……おまえとの約束を果たせるか否か、見物だな、雪鈴よ」

皇帝の脳裏には、今はもう亡い愛しい妻の顔が浮かんでいた。

「こちらがあなたさまの部屋になります。奥は寝室としてお使いくださされ」
莉世が私室として与えられたのは、後宮の入り口付近に位置する二部屋だった。そこは皇子たちそれぞれの宮からもほど近く、彼等との交流も持ちやすいという。
その場所を零玄に案内してもらったあとには昼食をとり、生活道具や衣装を準備するための採寸や、莉世の世話をしてくれる女官や国の重臣たちとの面会など、なにかと慌ただしく過ごした。そして夕食をとったあとには勉強の時間だ。府庫(ふこ)と呼ばれる図書室のような場所で、この国に関する基礎(きそ)知識を零玄から教授されることとなったのだ。

生まれ変わってからの記憶のほとんどを失ってしまった莉世にとっては、わずかながらも知識を得られることはありがたかった。そのためどうせならば自習に励(はげ)もうと、府庫から数冊の書物を借りて部屋に戻ることにした。「はて、そんな時間がありますかのぉ」と、零玄は笑っていたけれど。


「おつかれさまでしたわ、凰妃さま。長い一日でしたわね」

そう言いながら莉世のうしろを歩くのは、莉世付きの女官である新麗佳(しんれいか)だ。歳は二十四歳。涼(すず)しげな目元が印象的な美人で、物腰(ものごし)や言動から上級女官であることが推察される。

「そうですね、正直、つかれました」

苦笑(くしょう)しながら応えれば、「またそのような口調で」と、これ見よがしにがっかりされた。

「何度お願いすればわかってくださるのでしょう。凰妃さまがそのようにかしこまられる必要はございませんわ。もっと気安い口調でお話しくださいませ」

「あ、はい……ごめんなさい、努力します」

実はもう何度も注意されていたのだが、そうすることはなかなか難しかった。

出会ったばかりの相手と敬語を用いずに喋(しゃべ)ることは、莉世にとっては難易度が高い。なんでもそうしなければ、彼女たちが困るのだというけれど。

「書物、重くありませんか？　ほかの者たちにも手伝わせましょうか」

「三冊くらい大丈夫で……大丈夫。それにあなたはもっと持ってくれているし」

「せっかく借りてきましたけれど、明日も何かとお忙しくなるかもしれませんもの。今宵はすぐに湯浴みをして、おやすみになりましょうね」

　そんな会話を交わしながら、部屋に向かって内廷の外廊下を進んでいた時だった。

「あら、凰妃さまのお部屋の前に、どなたかいらっしゃるようですわ」

　言われて首を巡らせると、たしかに戸口の横に、誰かが寄りかかっているようだった。

「あれは……」

「まあ、第一皇子殿下でいらっしゃいますわね」

　夜に溶け込むような黒髪に、空に浮かぶ満月に似た琥珀色の瞳。外廊下の提灯の火に照らされているのは、たしかに朱樹だ。

　こんな時間に、いったい何をしにきたのだろう？

（謝るっていうなら、話を聞いてあげなくもないけど）

　いまだ襲われかけたことを根に持っている莉世は、口を一文字に結んで彼の前へ立つ。

「遅かったな。零玄と府庫にいたのか」

「こんばんは。なんの用？　ようやく謝ってくれる気になった？」

「謝る？　俺が？」

彼はきょとんとした顔で目を瞬いた。どうやらそのような気は毛頭ないらしい。

「凰妃さま、殿下にお部屋に入っていただいたらどうでしょう」

しかし麗佳のその提案を、莉世は「冗談じゃない」と却下した。

「部屋になんか入れたら、また変なことされるかもしれないもの。この人、隙あらば手を出そうとしてくるケダモノなんだから」

すると一方の朱樹は、「変なこと？」と、眉根を寄せる。

「おまえは昨夜のあれが、『変なこと』だと思ってるのか？」

あれ。つまり口づけやベッドのようなものの上に押し倒したことを言っているのだろう。

「子どもだな。――いや、教え込む楽しみがあると前向きに捉えるべきか」

ひとりごとのように呟かれた言葉に、ぞっと寒気を覚える。

「言わせてもらうけど、わたしの中身は二十九。あなたよりずいぶん大人なんだからね」

「ならば逆に俺に教え込んでくれるとでも？」

「だからそういう意味じゃなくて……！」

と、そこまで言ったところでふと気づく。

「教え込むって、ある意味、正しいかも。だってわたし、あなたたちの教育係になったんだもの。これからいろいろと躾け直させてもらうから」

すると朱樹は、小馬鹿にするように笑った。

「どちらかといえば俺がおまえを調教するほうだろう？」

毎夜、俺をねだらずにいられなくなるようにな、と、彼は唇の端を持ち上げる。

「ち、調教って……変なこと言わないで！　というかあなた、何しにきたの？」

彼のペースに乗せられていてはだめだ。さっさと要件を聞いて追い返そうと、莉世は彼のことを睨みつけた。すると朱樹は、莉世のことをいきなり外廊下の壁に押しつけてくる。

「おまえに忠告をしに」

脚の間を割って、彼の膝が入ってくる。背には壁、眼前には朱樹、両腕には零玄から借りた書物。途端に身動きがとれなくなり、莉世は焦った。

「ち、忠告って、なに」

「おまえ、あの男――皇帝となんの取引をした？」

血が繋がった父親のことなのに、まるで他人のように呼ぶ。

「言えない。そういう約束になってるから」

朱樹は「だろうな」と鼻で笑った。わかっているなら聞かないでほしい。

「あいつには気をつけろ。信用しないほうがいい」

「どういう意味？　あなたのお父さまでしょ？」

「あの男の腹の内は真っ黒だ。国のためならおまえとの取引なんてあっさり反故にするぞ」

その瞬間、嫌な予感が胸中を駆け抜けた。

まさか初めからそのつもりで、莉世との取引に応じた、という可能性もあるのだろうか。

（でも、そうだとしても、わたしにはああする以外に道はなかったもの……）

「ありがとう。一応、覚えておく」

すると朱樹は、莉世の頰に手をのばしてきた。

「感謝は行動でしめすべきだな」

彼がまとう雰囲気が、いきなり艶めいたものに変わる。

「もしかして、わたしをおとそうとしてる？　でも無駄だから。わたしはあなたたちの人間性をちゃんと見て皇帝を選ぶって決めたの」

「それを聞いて安心した。昨夜までは面倒だからさっさとおまえを抱いてしまおうと思っていたが、そうもいかなくなったからな」

「だったらもうこんなことする必要ないじゃない」

息をのむほどに整った顔立ちが、間近に迫る。琥珀色の瞳に射るように見つめられれば、さすがにどぎまぎして心臓が高鳴った。

「……そうだな、おまえにもうひとつ忠告しておいてやろう」

顔の横の壁に手をつかれ、逃げ出すことは不可能になる。

「俺はなんとしてでもおまえを手に入れる。どんなことをしても、必ず、確実に、だ」

「それほど皇帝になりたい、ってこと？」

「なりたいんじゃない。ならなければいけないんだ」

いつしか彼の表情は鬼気迫るものに変わっている。

「だから覚悟しておけ」

「何を？」

「俺のものになる覚悟、だ」

囁くように言われた直後、本を抱えている腕を、大きな手で押さえつけられた。

「蒼季に譲る気はさらさらないからな」

何をする気？　と身がまえる間に、彼の顔が近づいてくる。またキスをするつもり？

反射的に顔を横向けたところで、くすりと笑う声がした。

「今日は勘弁しておいてやる。が、俺以外の誰にも許すなよ」

いつしか閉じていた目を開けると、彼は唇を重ねることなくゆっくり離れていった。

そして莉世の前から颯爽と去っていく。紺色の衣を翻し、どこか満足げな後ろ姿で。

「凰妃さま、大丈夫でいらっしゃいますか？」

一部始終を見ていた麗佳が、遠慮がちに莉世の顔をのぞき込んできた。

けれど応えることはできない。戸惑いが頂点に達した莉世は、朱樹が去っていった方角を睨み続けることしかできなかったのだ。

（なんなのよ、あの人……）

口づけられていないのに、なぜか唇が熱い。そっと指でふれると、そこに彼のぬくもりがあるような気がした。昨夜のキスを思い出してしまったからだろうか。

『第一皇子　朱樹に関する報告書
二十一歳。官僚の第二位の地位である右丞相の職に就く。
皇帝と貴妃である母との間に生まれる。母は八年前に病死。同腹の妹あり。
朝廷での手腕は評価されているが、人間性は冷酷とも噂されている。部下たちからはおそれられており、交流はないに等しい。夜な夜な娼館に通っているとの噂もあり』

『第二皇子　蒼季に関する報告書
十九歳。軍事の頂点である太尉の職に就く。
皇帝と淑妃である母との間に生まれる。同腹の兄弟はなし。
仕事ぶりは優良。性格は温厚で、部下や民に対して配慮があり、周囲の人間から慕われている。一方、好色すぎるきらいがあるため、異性関係には問題あり』

「内申書代わりに、報告書を頼んでみたけど……」

皇帝と取引をした翌日の昼過ぎ。自室の机の上に広げた二通の封書を睨みながら、莉世は嘆息していた。

新しい生徒を受け持った際の経験と照らし合わせ、ひとまず皇子たちの情報を集めようと試みたのだが、届けられた報告書にはさしたることは書かれていなかった。

「お力になれずに申し訳ない」

莉世の横に立ち、ばつが悪そうに首をすくめるのは、皇帝の従兄弟である光琉という男だ。官僚の頂点である左丞相の職に就く、二十九歳。なんでも莉世の力になりたいと彼自ら希望してくれたらしく、昨日、重臣のひとりとして零玄から紹介された。

光琉に対して抱いた印象は、言動や物腰が穏やかな常識人。何より生まれ変わる前の自分と同じ年齢ということもあり、莉世は一方的に親近感を持ち始めていた。

そのためさっそく彼に、皇子たちの情報を手に入れたい、と願ったのだが。

「何せ相手が皇子殿下ということもあり、皆、一様に口を閉ざしてしまうのです」

細やかな情報が集まらないのも、しかたのないことだった。

「これだけでもありがたいです。彼等の家族構成や仕事について知ることができましたし」

莉世は取り繕うように声を明るくする。

欲を言えば国政や仕事に対する関心、帝位に対しての意欲、日々の彼等の生活態度などを把握したかった。が、ここは勤めていた学校ではないのだ。あきらめるしかない。

「あなたたちは何か知らないかな？　殿下方に関して」

背後にいる侍女の麗佳と、その部下である十五歳の少女——結那を振り返った。

「いえ、わたくしどものような立場の者は、何も。そちらに書かれている噂話をたまに耳にする程度ですわ」

やはりそうか、と小刻みにうなずいていると、光琉が溜息を吐く。

「私が皇子殿下方ともっと親しければ、有益な情報をお知らせできたのですが……」

「そんな、お気になさらないでください。それに彼等のことを知る手段は、ほかにもありますから」

「といいますと？」

「内申書——報告書に目を通したあとは、面談と相場が決まってるんです。彼等ひとりひとりと向かい合って、話をしてみようと思います」

その上で各々とどう交流を深めていくべきか、検討する必要があった。

「なるほど、それは素敵なお考えですね。あなたのその真摯な眼差しの前では、皇子殿下方もおのずと本心をさらけ出すでしょう」

「そうしてくれるといいのですが」

「自信をお持ちになってください。あなたの熱意は、きっと殿下方にも伝わりますよ」

そう言って光琉は、春のお日様のように暖かな笑みを浮かべた。

（光琉さまって……）

すごくいい人だ、と率直に思った。

ここ鳳国の宮廷において、かなりの権力者であるはずなのに、いきなり現れた莉世にも丁寧に接してくれる、常識的で優しい人。二人の皇子とはまるで違う。

「あの、ではさっそくご相談なのですが、まずは第二皇子殿下とお話ししたいんです」

莉世はまだほとんど話したことがない、蒼季に関する報告書を手に取った。

「わかりました。ではさっそく手配いたしましょう」

任せてください、と光琉は、部下とともに莉世の部屋から去っていった。


それから小一時間後。件の蒼季から、「一刻半後に訪ねる」との知らせが、彼の部下を通じて莉世のもとにもたらされた。

そのため莉世は、空いた時間を利用し、自室付近の探索をしてみることにした。

「あちらが後宮へ通じる通路になりますわ。そしてあちらが内廷や府庫の方角です」

つき添いながら丁寧に説明をしてくれるのは麗佳だ。来客がある可能性も皆無ではないため、もうひとりの侍女である結那は部屋で留守番をしてくれている。

「それから、こちらがお部屋から一番近い庭園です。お散歩などされるとよろしいかと」

「きれいな場所。池もあるんだ」

「この宮城にはこのような庭があちらこちらに造られておりますの」

池の周りに緑が広がる、手入れの行き届いた美しい空間。そこには木々が放つ清々しい香りや澄んだ空気があって、莉世は深い呼吸を何度か繰り返した。

と、そんなことをしていた時、突如、麗佳が「まあ！」と悲鳴を上げた。

「たいへんだわ！」

何が起きたの？　慌てて彼女が向いている方角に視線をやれば、庭園の奥にある建物から、かすかな煙が上がっているのを見て取れる。

「えっ、火事!?」

「人を呼んでまいります！　凰妃さまはここでお待ちになっていてくださいませ！」

血相を変えた麗佳は、「必ずですわよ！」と何度も念を押し、すぐさま内廷の方角へと走っていった。そんなに釘を刺さなくてもどこにも行かないのに、ずいぶんと心配性だ。

しかしここからではよくわからないが、本当に火事なのだろうか？　それとも誰かがたき火のようなことをしているだけ？

どちらなんだろうとやきもきしていると、背後から声をかけられた。

「凰妃さま、どうぞこちらにいらしてくださいませ」

え？　と振り返った先に立つのは、ひとりの女官らしき少女だった。歳の頃は十六、七くらい。麗佳とはまた違った色の女官服を着ている。

「麗佳さまから言いつかりましたの。凰妃さまを安全なお部屋にご案内せよ、と」

この短時間で？　とびっくりしたが、それが麗佳の意向なら、と素直に従うことにした。

「じゃあ、お願いします」

彼女のうしろを歩くような格好で、莉世はその場から離れる。

向かったのは西の方角だ。莉世の記憶が正しければ、朱樹の宮がある方面だろう。途中いくつかの角を曲がり数分ほど進んだところで、彼女は「ここですわ」と、足を止めた。

そこは通路からはやや離れた場所にある、小屋のような建物の前だった。

「じきに麗佳さまがお迎えにいらっしゃいます。それまでこちらでお休みください」

「ありがとう」

すすめられるまま、開かれた扉から建物の中に足を踏み入れた。部屋には窓がないらしい。昼間だというのに、やけに暗い。

「ずいぶん暗いけど……灯りはないの？」

すると彼女は、「ええ、ございませんわ」とあっけらかんと答えた。

「ございませんけど、どうぞごゆっくりお過ごしくださいませ。——明日でも、明後日でも、明明後日までも」

「え？」

どういうこと？　と首をかしげた瞬間、背後で扉が閉まる音がした。

まさか、と慌てて振り返るが、すでにそこに女官の姿はない。どうやら莉世だけを建物内に残し、外から戸を閉めたようだ。部屋の中はいよいよ真っ暗になってしまい、莉世は勘だけを頼りに扉へと走り寄る。

「ねえ、ちょっと待って。明日とか明後日とかって、どういうこと？」

とにかく一旦、外へ。そう思いながら取っ手を握って押したり引いたりしてみるが、びくともしない。向こう側から鍵をかけられているのだろう。お願い、開いて！　必死に何度も繰り返してみるが、結果は変わらなかった。

「やだ、冗談でしょ……？　ねえ、開けてってば！」

懸命に叫ぶが、返事はない。

（どうしよう……こんなとこに閉じ込められるなんて、冗談じゃない！）

麗佳から命じられたと言っていたが、それは嘘だったのだろう。あの場で待つよう釘を刺されていたのに、うかつにも動いた結果、面倒な事態に陥ってしまった。

「ねえ、どうして……？　どうしてこんなことをするの？」

莉世は握った両手を扉に叩きつけながら問うた。

それでも彼女は答えてくれない。なぜだろう。かすかに聞こえる息づかいや、草を踏む音――扉の向こう側には、彼女がいる気配が間違いなくしているのに。

（なんなのよ、もう……いったいなんの目的があってこんなことをするの？）

ほとほと嫌になった莉世は、衣装が汚れるものかまわず、その場にくずおれた。拍子に指先にざらりとした感触を覚える。今初めて、足元が乾いた土であることに気づいた。

と、その時、建物の外で、誰かの声――男性のものと思われる低い声がした。

「おい、そこで何をしている？」

この声は、もしかして。

抱いた予感を胸に、息を殺して耳を澄ませる。

「そこはただの倉庫のはずだが、一女官が何用だ？」

「い、いえ、わたしはただ、上司に命じられて荷物を取りに来ただけで」

「そのわりには何も持っていないようだが？」

「それは、その……ここではない倉庫にあるものだったようで……！」

しどろもどろになって答えているのは、先ほどの女官らしき少女だ。

（嘘吐き！）

莉世はまたしても扉を激しく叩いて、自身の存在を訴える。

「お願い、ここから出して！　その人に閉じ込められたの！」

すると即座に、「失礼します！」と、女官の上擦った声と、慌ただしい足音が聞こえてきた。どうやら彼女は、逃げるようにこの場から去ったらしい。

「あっ、卑怯……！　ちょっと、ここから出してってば！」

座ったまま、今度は体当たりするように扉に肩を打ちつけた。

と、次の瞬間、いきなり扉が開き、莉世は前のめりに地面に倒れ込む。

「おまえは……こんなところで何を遊んでる？」

降ってきた声に顔を上げるが、差し込む光がまぶしくて、目を細めずにはいられなかった。逆光であるため、そこに立つ背の高い人物の顔を見て取ることはできないけれど。

（朱樹……）

声でそうに違いないと判断した莉世は、胸中でその名を呼んだ。

「まったく……あちこち汚れてひどい格好だな」

彼がしゃがみ込むように膝を折ったため、ようやくその表情がわかった。朱樹は呆れたような、かつ少し心配そうな顔をして、地面に倒れ込む莉世を引き起こす。

「どこか痛むところは？」

「だ、大丈夫。ありがとう……」

「本当か？　手や足を打ってるんじゃないのか？」

彼は確認するように、素手で莉世の衣装の汚れを払い始めた。

「待って、あなたが汚れちゃう！」

「いいからおとなしくしてろ。ほら、頬や額にまで土がついてるぞ」

今度は自身の袖で顔の汚れを拭ってくれようとしたので、莉世は座ったまま後ずさる。

「じ、自分でできるから」

「暴れるな。よけいに汚れたいのか？」

大きな手に後頭部を押さえるようにされれば、途端に身動きができなくなった。莉世の顔のあちこちに向けられる琥珀色の瞳。それがあまりに間近にあるものだから、鼓動がひとりでに高鳴ってしまう。

「あの、朱樹さま……そろそろお約束のお時間ですが……」

声をかけられ初めて気づいたが、朱樹の背後には数人の部下がいたようだ。

しかし朱樹は、「黙れ」と部下を一喝する。

「今はこれのほうが大事だ」

そうして莉世の背中と膝裏に腕を回し、ひと息でひょいと抱き上げた。

「ひゃっ……ちょっと、何⁉」

いわゆるお姫さま抱っこのような体勢に、莉世は目をぱちぱちさせる。

「おい、先ほどの女！　――あるいはそれ以外の者も、あたりにいるんだろう⁉」

突如、朱樹は周囲に響き渡るほどの大声で呼びかけ始めた。

「つまらぬ嫌がらせのつもりだろうが、その代償は大きなものになることを覚えておけ！　二度は許さぬからな！」

「って、ただの嫌がらせなの⁉」

食い入るように問うた莉世に、朱樹は「だろうな」とあっさりうなずく。

「おそらくあの者ひとりの仕業ではないだろう。指示した者、あるいは協力者がいるはずだ。それが誰なのかは知らぬがな」

そんな、と驚いた莉世は、思わず言葉を失っていた。

「嫉妬が渦巻く後宮などではよくある話だ。よほどおまえがうとましかったんだろう」

つまり、いきなり次代の王妃に決まった莉世に対する、つまらぬ意地悪とのことらしい。

「あっ、朱樹さま……！　いったいどちらに行かれるおつもりですか⁉」

戸惑う部下たちを尻目に、朱樹は莉世を抱いたまま歩き出した。

「これを部屋まで送っていく。仕事はそれからだ」

「って、必要ない！　自分で帰れるから！」

「おまえ、どうやってここまで来たか覚えているのか？」

　問われて「う……」と詰まってしまった。まさか嫌がらせだとは予想だにしていなかったため、この場所への道順など覚えることなく侍女のあとをついてきてしまったのだ。

「じゃあせめて下ろして。自分の足で歩けるから」

「おまえが怪我を隠している可能性もあるからな、このまま送っていく」

「やめて、そんなことされたら……」

　優しくされたら、調子が乱れてしまう。傲慢で尊大。莉世にひどいことをした彼なのに、こんな一面があるのだと知ってしまえば、怒れなくなってしまうじゃないか。

「しかし幸運だったな。閉じ込められたのがあの場所でなければ、数時間後には凰妃が行方知れずだと騒ぎになってたぞ」

　偶然にもあの場所は、朱樹が内廷に向かう通り道だったらしい。たしかに彼が助けてくれなければ、莉世はしばらく暗闇の中で過ごすことになっていただろう。

「……ありがとう」

　ぽつりと呟いた声が聞こえたのか聞こえなかったのか、朱樹は何も言わなかった。ただ前を向いたまま、莉世を抱いて淡々と歩き続けたのだ。

「申し訳ございませんでした、凰妃さま。まさかこのようなことになろうとは……」

部屋に戻った莉世に、麗佳は幾度も頭を下げてきた。

「気にしないで。待ってるよう言われたのに、勝手についていったのはわたしなんだから」

汚れた衣装を脱ぎ、新しいものに着替えた莉世は、こともなげに笑ってみせる。

「しかし、あの火事――結果小火でしたが、あれも凰妃さまからわたくしを引き離すよう仕組まれたものだったようですわ。いったい誰があのようなことを……」

「朱樹は嫌がらせだろうって言ってたけど」

そんなことを話していると、部屋の扉がノックされた。

「会いたかったよ、僕の花嫁。ご機嫌はいかがかな？」

第二皇子である蒼季が莉世のもとを訪ねてきたのだ。

「待たせてごめん。仕事を抜けるのに手間取ってね」

その言葉のとおり、勤務の最中だったのだろう。彼は昨日とは大きく違う格好――黒い装束を身にまとい、手には籠手のようなものをつけている。太尉という職は、軍事の頂点だと報告書に書いてあったが、訓練の指揮でも執っていたのだろうか。

「わざわざすみません。お仕事が終わってからでかまわなかったのですが」

「まさか君から『会いたい』と言ってくれるなんてね」

「それは……確かに言いましたけど、それは面談――お話をしたかったからです」

「堅苦しいな、その言葉遣い。もっと楽に話してくれないか？　つまり、僕に心を許してほしいんだ」

　会話がまったく噛み合わない。華やかな顔立ちに甘い笑みを浮かべて、紫色の瞳でひたとこちらを見つめてくるのだから、つい調子を乱されてしまいそうになる。

「じゃあお言葉に甘えて、敬語はなしにさせてもらいます。わたし、あなたたちの教育係になったわけだし」

「零玄から聞いたよ。なんでも僕たちを立派な皇子にしてみせると言い切ったとか。――で、君は僕に何を教えてくれるつもり？」

　彼は意味ありげに指で唇をなぞりながら、机の横に立つ莉世のもとへとやってきた。

「できれば男と女に関することがいいな。そう、たとえば恋にまつわる情事について」

「そんなに近寄らなくてもちゃんと聞こえてるけど」

「頬が赤いね。僕を意識してくれてるとうぬぼれてもいい？」

「だ、だから近寄らないでって言ってるの！」

「あの、凰妃さま……お茶はどちらに……」

　怒濤の接近に戸惑う莉世の背後で、茶を運んできた麗佳がやはり戸惑いの声を上げた。

　しかたない、こうなれば早々に予防線を張っておいたほうがいい。莉世は腰に回されようとする蒼季の手から素早く逃げ、彼の前で空手の型を作ってみせる。紫色の瞳をじっと見据え、臨戦態勢をとった。

「お願いだから離れてくれる？　あなただって痛い思いはしたくないでしょ？」

「……見たことない型だな。なんていう武術？」

「前世のわたしの国に伝わる武術で、空手というの」

「なるほど、これで兄上も君を抱けなかったわけだ」

蒼季は苦笑しながら、両手を上げて降参の格好をした。

「口説こうとして拒否されるなんて、初めての経験だな」

その時、部屋の戸がノックされ、廊下側から麗佳の部下の侍女——結那のくぐもった声が聞こえてきた。麗佳から用を託され遣いに出ていたのだが、戻ってきたらしい。

「遅くなって申し訳ありません。ただいま戻り——」

ました、と言い切る前に結那は、驚いた様子で大きな目をさらに丸くした。

「蒼季さま……！」

瞬く間に彼女の可愛らしい顔が、桜色に染まる。

「お久しぶりです、蒼季さま！　ああ、どんなにお会いしたかったことか……！」

「結那、殿下とお知り合いなの？」

莉世の問いかけに、彼女は高揚した様子で「ええ！」とうなずいた。

「しばらくお会いできていなかったのですが、お元気そうで何よりです」

けれど蒼季は、にこやかな表情を崩さぬまま、こともなげに言う。

「ごめん、誰だったかな？　女官はたくさんいて、なかなか覚えられなくて困る」

途端に部屋の中の空気が凍りついたような気がした。

「そんな……たった二月前のことなのに、もうお忘れになってしまわれたのですか？」

「それより莉世、僕になんの用？　まだ仕事があるからね、あまり長くはいられないんだ」

「え、でも……」

まだ結那との話が済んでいなさそうだったので、莉世はもごもごと口ごもった。すると結那は、顔をうつむけたまま麗佳の背後に下がる。なんだかひどく傷ついているように思えて、莉世はますます彼女の様子が気になってしまう。

けれど「さあ凰妃さま、ご用件を」と麗佳にうながされれば、口を開くしかなかった。

「あの、あなたに聞きたいことがあったんだけど……」

すると蒼季は、来客用の椅子に座り、「なんなりと」と脚を組んだ。

「じゃあいくつか質問させてね」

彼と机越しに向かい合うよう腰掛ける。

「まずは率直に、皇帝という位に対する、あなたの意欲を聞かせてほしいの」

「なんだ、そういうことか」

どのような質問をされると予想していたのか、蒼季は残念そうに口を開いた。

「そうだな、真剣に答えるなら、僕はぜひ皇帝になりたいと考えている。なぜならこの国には数多の問題があり、それを解決するだけの能力が僕にはあると自負しているからだ」

まるで就職試験の面接時のように、当たり障りのない返答をする。あまり心がこもっていないようにも感じられるのは、莉世の思い過ごしだろうか。

「大きいところでは隣国や諸国との外交、民の貧富の差、地方の生活環境の整備、時折起こる流行病への対策――あげ始めたらきりがない」

「数多の問題って？」

「それをあなたなら解決できるの？　ほかの人では――第一皇子ではいけない？」

「指揮を執るのは僕が一番の適任だと言われ続けてきた」

「言われて続けてきたって、誰に？」

返答まで、しばしの間があった。

「……誰というわけではなく、皆にだよ」

蒼季は取り繕うように、すぐさま声を明るくする。

「それより、もっと違う質問は？　できれば僕の私的なことを君に知ってほしいな」

「じゃあ質問を変えるね。――あなた、尊敬している人とか、慕っている人はいる？」

「それは……とくにはいないかな」

嘘だ、と直感した。なぜなら彼の声音に迷いが滲み出ていたからだ。

「本当に？　たとえば皇帝であるお父さまとか、淑妃であるお母さまのことは――」

「だからとくにはいないよ」

遮るように強く言われたことで、家族との関係は良好ではないのかもしれない、との印象を受けた。彼の母親はあの淑妃だ。なかなかに強烈な人物である。

「じゃあ趣味は？　あなたの好きなものとか、興味のあるものは何？」

「今は君かな」

今は、って。

「あなた、かなりの女好きなんでしょ？　好色すぎるきらいがあるって噂だけど」

「心配？　でも気に病む必要はないよ。これからは君だけだ」

「だからそういうことじゃなくて……」

いいかげんうんざりして、莉世は続く質問を喉の奥に押し込んだ。

何を聞いても甘い笑みと軽い文句ではぐらかされてしまいそうで、なかなか核心へと踏み込むことができない――いや、彼が意図的に踏み込ませないようにしている。

人当たりはいいが、それはおそらく表面だけ。けれど多くの人は、その表面に騙されてしまうのかもしれないと感じた。

（だからといって、あっさり誤魔化されるつもりはないけど）

教師として、多くの生徒と向き合ってきた莉世をなめてもらっては困る。取り繕った外面になんて興味はない。莉世は彼の内面にこそふれたいのだ。

「さて、そろそろ仕事に戻らないと。部下が僕を捜し回っている頃だろうからね」

立ち上がった蒼季は、ふと胸元から小さな布袋を取り出した。

「これ、君に似合うと思って。次に会う時にはつけていてほしいな」

「え……ありがとう」

袋の口を少し開けてのぞいてみると、中には耳飾りらしきものが入っていた。

「お仕事中なのに時間をくれてありがとう。またお話ししようね」

立ち上がって頭を下げると、一方の蒼季も胸に手をあて優雅(ゆうが)な礼を返してきた。そして部屋から去っていく。甘い花のような、かぐわしい香りを残して。

(なかなか手強(てごわ)い……早く本音を語ってくれればいいけど)

さっそく大苦戦だ。朱樹といい蒼季といい、一筋縄(ひとすじなわ)ではいかない相手だと再認識(にんしき)する。

「あの、私、少々所用がございますので、もう一度出かけてきてもよろしいでしょうか」

唐突(とうとつ)に願ってきたのは結那だった。

「うん、いいけど……」

莉世が了承(りょうしょう)すれば、彼女は「ありがとうございます」と即座に部屋から飛び出していく。

ずいぶんと慌てたその様子を目にして、莉世と麗佳は自然と顔を見合わせた。

「すみません、凰妃さま。わたくしも行ってまいりますわ」

「えっ、どうして？」

「あきらかに不自然な様子でしたもの。おそらく蒼季さまのあとを追ったのではないかと」

「だからって、あなたもあとを追うの？」

「部下が皇子殿下に失礼を働いたら大事ですわ。この目で確かめる必要がございます」

「じ、じゃあわたしも行く。結那はわたしの侍女でもあるわけだし」

何がなんだかよくわからないまま、莉世は麗佳とともに結那を追いかけた。

そして内廷へと繋(つな)がる外廊下をしばらく進んだところで、必死の形相で蒼季の胸元(むなもと)にしがみつく結那を発見する。

「ひどいです、蒼季さま！　本当にお忘れなんですか？　またお会いできるのを楽しみにしておりましたのに……！」

「凰妃さま、隠れてくださいませ」

麗佳に腕を引かれ、戸惑いながらも近くの建物の陰に身を隠した。これでは盗み見だ、と心が痛くなったが、いつしか二人の会話に耳を澄ませている自分がいる。幸いなことに、あたりに人影は見当たらないようだ。

「あの夜、蒼季さまはおっしゃってくださったじゃありませんか。私のことを『好きだ』って、『可愛い』って、何度も、何度も！」

結那は声量を抑えることなく、自らの想いをぶつけている。今の彼女に、周囲を気にする余裕はないのかもしれない。

しかし『あの夜』ということは、二人はかなり深い関係にあるのだろうか？　その光景をうっかり想像してしまえば、たちまち気恥ずかしくなった。

「あれは嘘だったのですか？　私とこうしていても、蒼季さまはもう何も感じませんか？　お願いですから、蒼季さまのお気持ちを教えてください！」

するとようやく蒼季が口を開いた。

「僕の気持ちは変わらないよ。今でも君を可愛いと思うし、好きだとも思う」

「ではまた私と……！」

「ただし君だけじゃなく、女の子みんなのことを、ね」

「え……」

結那の声から、急速に力が失われたような気がした。

「僕に猫みたいにすり寄ってくる女の子のことは、みんな好きだ。可愛いし、夜をともにすれば楽しい。けれどそれだけだよ」

「それだけって……どういうことですか？」

「どうもこうもない。君が僕と寝ることを望んで、僕もそれに応えた。それ以上でも以下でもない話だろう？」

蒼季は微笑を浮かべたまま、淡々と言葉を継ぐ。

「君は僕に何を望んでる？　もう一度、抱かれること？　それともまさか僕の妃になりたいとでも？」

望んでない、とは言い切れなかったのだろう。結那は顔を赤くして押し黙っている。

「そこまで愚かじゃないなら助かるな。そんな浅ましいことを望まれても、困るからね」

くつくつと笑う声が、秋めいた風に乗って空へと昇っていく。

「今のところ君をまた抱くつもりはないけれど、僕の気もいつ変わるかわからない。相手に不足する夜もあるかもしれないからね。その時は声をかけるよ。それでいいだろう？」

「そんな不確かな機会を待て、と……？」

「不満？　でも僕が声をかければ、君はきっとすぐにその脚を開くんだ。僕をねだってね」

「ひどい……！　そんなこと……ひどいですわ、蒼季さま……！」

さすがに耐えきれなくなったのだろう。結那は踵を返して蒼季のもとから走り去った。

その表情を見て取ることはできなかったが、彼女は泣いていたように思えた。

（この男……！）

莉世の胸中に生まれ出た怒りが、息吐く間もなく爆発する。

「あっ、凰妃さま！　お待ちください！」

麗佳に制止されたが、もう止まらない。莉世は建物の陰から勢いよく飛び出していた。

「この最低男……！　どういうつもり!?」

こちらを振り返った蒼季は、莉世のいきなりの登場にさすがに面食らっているようだった。しかしすぐさまその顔に、貼りつけたような微笑が戻る。

「盗み聞きなんて趣味が悪いな。そんなに僕のことが気になる？」

「本当にそう思ってるなら、あなたの頭の中は相当おめでたいことになってるのね」

「なかなか手厳しいね。まあ、そういうところも新鮮だけど」

「手厳しいのはあなたでしょ？　なぜあんなにひどいことをするの？」

先ほどの結那とのやりとりで、彼の本性の一端を垣間見ることができた。報告書に『好色すぎるきらいがある』とは記されていたが、まさかここまでだったとは。

「火遊びの後始末もできないなんて、ただの子どもじゃない。何が皇帝よ。女の子ひとりを大事にすることもできないような人が、国を大事にできるなんて思えない」

「ずいぶんな言いようだな」

言いながら彼は、莉世の手を包むように握ってきた。

「君にはあんなことしない。傷つけないように、壊さないように、誰よりも大切に扱うつもりだけど？」

そのまま艶っぽい眼差しをこちらに向けてくるのだから、さらに腹が立つ。

「わたしにどうするつもりかを聞いてるんじゃないの」

やめて、と彼の手を振り払う。すると蒼季は、またしても薄く笑った。

「じゃあ逆に聞こう。あの子を大事に、と君は言うけれど、僕にすり寄ってきては調子のいい言葉を囁く彼女たちのことを、なぜ大切にする必要がある？」

気づけば紫色の瞳の奥に、なげやりな感情が見え隠れしているようにも思えた。

「いつだって僕を利用することしか考えていない、打算的な浅ましい女たちだ。それでも大切にしろと？」

「利用って、べつにみんながそう思ってるわけじゃ――」

「彼女たちは、僕のこの容姿と、皇子という地位を好んでいるに過ぎない。いつだって僕をどうすれば自分のためになるのか、そればかり考えているんだよ」

違う、と言ってあげたいと思った。皆が皆、そんなことはないはずだ、と。

けれどそんな無責任な発言はできなかった。なぜなら莉世は彼のことも、彼を取り巻く環境のことも、まだよく知らないのだ。

「だから僕も彼女たちを利用させてもらう。つまり、それで互いの欲が満たされ、良好な関係を築けているんだ。問題ないと思わないか？」

「だけど、それじゃ悲しいじゃない」

「悲しい？　誰が？」

「よくわからないけど……あなたが」

　無意識のうちにそう口にすると、蒼季はきょとんとした顔で二、三度目を瞬いた。そして小刻みに肩を揺らして笑い始める。少し困ったように眉をひそめて。

「だったら君がなぐさめてくれる？　……まあ、物心ついた時からずっとそういう環境で生きてきたからね、僕は悲しいなんて思わないけど」

「物心って……いつから？　あなたは最初に誰にそうされたの？」

　そこに今の彼が形成された始まりがあるような気がした。

「さあ、誰だろうね」

　蒼季のことをじっと見つめる莉世の頬に、彼は手をのばしてくる。

「それを教えたら、君を僕のものにすることを、許してくれる？」

　おどけるようにそう言った彼の手の温度は思いの外熱くて、莉世は身じろぎせずにはいられなかった。

（これが……本当の彼？）

見極めなくてはいけないと思えば、手にじわりと汗が滲んだ。今の蒼季からは、先ほど莉世の部屋で会った彼とは、また違う印象を受ける。

だからこそ今なら、彼の本当の気持ちが聞けるかもしれない。そう直感した。

「ねえ、教えてほしいの」

頬にのばされた手をとり、彼のほうへとそっと押し戻す。

「さっき、あなたは『皇帝になりたい』って言っていたけど、それは本当？」

あの時、莉世は、彼の言葉にあまり心がこめられていないように感じていたのだ。

「それは本当にあなたのやりたいことなの？　『指揮を執るのは僕が一番の適任だと言われ続けてきた』って言ってたけど、皇帝になることは、あなたの意志じゃなくて、ほかの誰かの意志ってことはない？」

まれにあるのだ。生徒の進路選択の際に、誰かの意志が強く介入し、本人の望みとは別の道に進むことが。

まあ、たいていそういう時は、生徒の親が干渉していることがほとんどなのだけれど。

「それを聞いてどうするんだ？　たとえば僕が『違う』と言ったら――」

「だったらあなたの本当にやりたいことを聞くに決まってるじゃない」

そう。そして。

「あなたがその道を目指す手伝いをする」

それ以外に何があるの、とばかりに言うと、蒼季は一瞬、虚を突かれたような顔をした。かと思うと笑う。腹を抱えて、心底面白そうに。

「ははっ！　無駄だよ、そんなこと」

「どうして？　何が無駄なの？」

「だって僕自身、自分がやりたいことなんてわかっていないんだから」

「だったらそれを見つける手伝いを――」

「それでも無駄なんだ。だって僕は操り人形だから……そうしてずっと生きてきたからね」

やがて彼は胸に手をあて、莉世の前で優雅に一礼をした。

「ではまた。僕の未来の花嫁」

（操り人形って、どういうことなんだろう……）

夕食や風呂を済ませ、麗佳や結那も隣室の侍女部屋に下がらせた夜更け。莉世は蒼季との会話をぼんやり思い出していた。

操り人形。彼はそう言っていたけれど、ではいったい誰のそれなのだろうか？

「やっぱり母親の、とかかな……」

彼の母親はあの淑妃という女性だ、と彼女のことを思い起こしながら呟いた時。

「何をぶつぶつ言っている」

頭上から低い声が降ってきて、口から心臓が飛び出そうになった。

誰!?　と弾かれたように顔を上げると、あろうことかすぐ眼前に背の高い男が立っていた。夜のように黒い髪に、満月のような琥珀色の瞳。

「朱樹……！」

驚くあまりに、思わず面と向かって名前を呼び捨てにしてしまっていた。

「なっ、なな、なんで……！」

「顔を見にきてやった」

偉そうにそう言うけれど。

「頼んでない！」

莉世はつい声を大きくする。

侍女部屋にも響いてしまったのだろう。騒ぎを聞きつけ、麗佳が顔をのぞかせた。

「凰妃さま、何事かございましたか？」

「おい、茶を用意しろ」

朱樹はそう命じるなり、莉世の向かいに置かれた椅子にどかりと腰を掛ける。やがて麗佳と結那は茶や菓子を用意し、「去れ」と朱樹に命じられるまま、隣室へと戻っていった。

「ねえ、『ありがとう』は？」

彼に言ってやりたいことはやまほどあったが、まずはその横柄な態度が目についた。

「麗佳と結那はもう休んでたのに、あなたが無理を言ってお茶を用意させたの。だったらお礼を伝えるべきじゃない？」

「それが侍女の仕事だろう」

朱樹はこともなげに言う。

「そうかもしれないけど、何かをしてもらったら『ありがとう』が基本だと思わない？　たとえ仕事でも、そう言ってもらえたら嬉しいもの。それが気遣いだと思うんだけど」

「なぜ俺が下の者を気遣わなくてはならない」

「あなたって……」

あまりに強固な特権意識に、あらためて驚かされる。高貴な生まれゆえにしかたのないことなのかもしれないが、上に立つ者としては、他人を思いやれる心を養うべきだろう。

「そもそも、あなたこの部屋に勝手に入ってきたでしょ」

「何か問題でも？」

「他人の部屋に入る時は、まずノック」

「のっく？」

「戸を叩いて自分が来たことを知らせて、中に入っていいかどうかおうかがいを立てるの。そして夜ならまず『こんばんは』の挨拶。それをするのが常識でしょ？」

「警備兵には止められなかったが」

「それはあなたが皇子だから……」

莉世の部屋の周囲には、常に数人の兵士が配置されている。といっても、外からの侵入者を警戒するというよりは、莉世が逃げ出さないよう監視しているように思える。

「警備兵はあなたが皇子だから止めないの。でもいくら身分が高くても、誰かの部屋を訪ねる時は、ちゃんと手順を踏んだほうがいいと思う」

「ばかばかしい」

「ばかばかしくても次からはそうして。じゃないとあなたとは話をしないから」

まずはそこから。基本的な常識や心持ちから身につけてもらいたかった。

「で、何をしに来たの？　来てなんて頼んでないけど」

「ずいぶんな態度だな。蒼季をここに呼んだというから、次は俺だろうとわざわざ来てやったというのに」

昼間の行動が筒抜けだ。いったいどこから情報を仕入れているのだろう。

「だからって、こんな遅い時間に来られても困る。お風呂だってもう済ませたのに……」

あとは就寝するのみ、という状況の莉世は、白い薄手の寝間着を一枚、身につけただけの姿だ。なんだか急に心許なくなって、胸元を無意味にかき合わせる。

「風呂？　ああ、髪の根元がまだ濡れてるな……よく乾かさなかったのか？」

朱樹の大きな手が、ふと莉世の額にのばされた。前髪の生え際にふれられた瞬間、小さく身体が跳ねる。「やめて」と発した声は、少し上擦ってしまったかもしれない。

「……そんな反応をするな。今すぐ押し倒したくなる」

「は、反応って、べつにわたしは普通ですけど！」

「その顔もだ。抱いてくれと言っているようなもんだぞ」

って、いったいどんな表情をしているのか、自分ではまったくわからなかった。

「そ、そもそもあなたが悪いんだからね！　あの夜……」

いきなりキスなんてするから、否応なしに意識させられてしまうのだ。

「あの夜がなんだ、言ってみろ」

気づけば朱樹は、色香を滲ませた眼差しをこちらに向けていた。まるで獲物に狙いを定めた美しい猛禽類のようで、ついどぎまぎしてしまう。

「俺の口づけでよくなったのを思い出したか？」

「やめて。おかしなこと言わないで」

なんだか妙な雰囲気だ。このままではまずい、と察知した莉世は、仕切り直すように咳払いをした。

「せっかく昼間の件では見直したのに、やっぱり非常識なんだから……第二皇子もとてもまともとは思えないし、この国の未来が心配だわ」

ついぶつぶつ愚痴をこぼすと、朱樹が「ちょっと待て」と眉根を寄せた。

「蒼季はなかなかにしっかりした男だぞ。軟派な態度のせいで、誤解されがちだがな」

「え……」

まさか彼のこと——自分以外の皇子のことを褒めるとは思わなかったので、びっくりした。弟といえども、皇位継承権を持つ者同士、競争相手だ。どちらかといえば厳しい評価を下すものだと思っていたのに。

「……そうなの？　彼のこと、あなたはどう思ってるの？」

「あれは有能だ。今は軍を大きく動かすような事案がないゆえ訓練の指揮ばかり執っているが、有事の際にはその判断力と決断力で、状況を容易に優位に持っていけるだろう」

「だったら皇帝になるのは、彼ではだめ？」

するとと朱樹は、急に真剣な面持ちになった。

「それとこれとは別問題だな。皇帝には必ず俺がなる必要がある」

「どうしてあなたはそんなにこだわるの？」

皇帝になりたい、と口にしていた蒼季よりも、朱樹の意志は強く、固いようにも感じられる。なぜそんなにも帝位を望むのか、単純に知りたかった。

「どうしてだと？　そんなもの国と民のために決まってるだろうが。この国を守り、今以上に繁栄(はんえい)させることが、俺が果たすべき約束だからな」

予想外にまっとうな答えが返ってきたので戸惑った。傲慢で横柄な彼のことだ。国のことより、むしろ自分のことばかり考えているような印象があったのに。

「約束って、誰としたの？」

ふと気になって問うてみると、彼はしばし考え込むようなそぶりを見せた。

そして「大事な人だ」と、ぼかした回答をしてくる。

「それが、あなたが皇帝を目指す理由……」

ひとりごとのように言えば、「つけ加えるならば」と続けられた。

「あの腹黒親父と零玄のじじいを黙らせてやるというのもひとつの理由か。……俺は賢帝になって、必ずあの男——皇帝を超える。国の英雄と呼ばれた親父がなしえなかったことを成功させ、退位後も一切口出しできないようにしてやる」

「なしえなかったことって、具体的には何をするつもり？」

「まずは税制と国庫の見直しか。現制度では、身分の低い者が苦しい生活を強いられているからな。今後は裕福な貴族どもからたんまり徴収し、下の者からは減らすよう制度を作り替える必要がある。さらに国庫の見直しで浮いた金を農地改革や灌漑設備へ投資すれば、民の暮らしは豊かになるだろう。そうすることで将来、国は必ず栄えるという算段だ」

「でもそれって簡単にはできないことなんでしょ？」

先ほど朱樹は、『親父がなしえなかったこと』と言った。そこには必ず何か理由があったはずだと思われるが。

「異を唱えるやつらが存在するのはたしかだな」

「それは……税をたくさん徴収される側になる人——貴族とか？」

何かを大きく変化させる時には、必ず摩擦が生じる。とくに権力を持つ者が不利益を被るとなれば、不満は噴出するだろう。

「正解だ。が、あいつらにはほかに様々な特権を与えてあるからな。たとえば政においての人事権なんてのもそのひとつだ。それらを取り上げ、国試を重んじた上で人事のすべてを決める、とでも脅せば、多少の金を払うくらい、なんてことないと判断するだろう」

「あなたって……」

彼のその主張が的を射ているのか否か、正直、今は判断がつかない。

けれど少なくとも彼からは、国をよくしようという熱意が感じられる。強固な意志だけでなく、具体化された設計図をあわせ持っているようにも思えるのだ。

それらに莉世は、またしても驚かされることとなった。

（ただの傲慢皇子じゃないのかもしれない……）

出会った夜に抱いた印象は最悪だった。けれど今日の昼間、彼に助けてもらったことにより、莉世の気持ちに変化が生じた。そして今、国や仕事に対する彼の意欲を聞いた。それに関していえば、彼は皇子としての責任感をきちんと持ち得ているように思える。

「だからおまえには何がなんでも俺を選ばせる」

朱樹は挑むような眼差しをこちらに向けてきた。

「でなければ何も始まらないからな」

彼の圧倒的な雰囲気から逃げるように、莉世は小さく息を吐く。

「まだあなたたちと出会ったばかりだもの。自分で見て、聞いて、考えて……わたしは自分が信じる人を皇帝に選ぶから」

強要されても心は絶対に動かない。むしろ離れていくことになるだろう。

「それでもおまえは、必ず俺の名を言うことになるだろうよ」

三月後が楽しみだな、と囁くように言って、朱樹は唇の片端を持ち上げた。

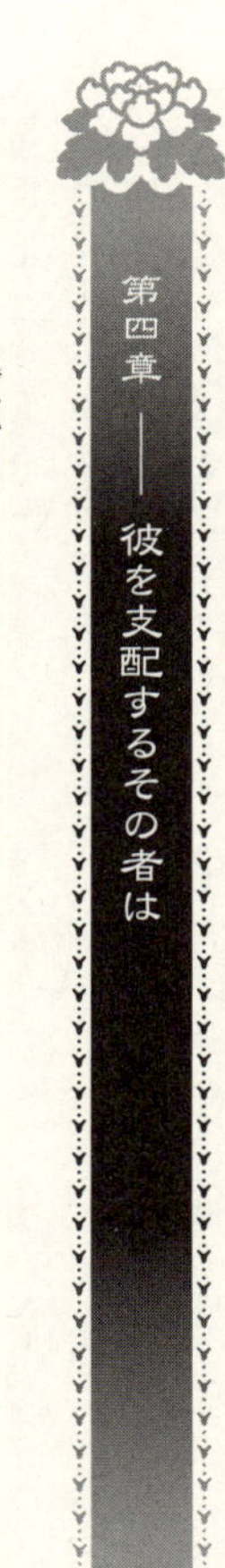

「さっそく皇子殿下お二人と面談なされたとか」

凰妃としての生活が始まってから、数日が経過した午後。

莉世の様子をうかがいにきた光琉が、感心したように言った。

「しかもどちらの口説き文句にも流されることなく、しっかりと意志を聞き出されたそうですね。素晴らしいです」

「いいえ、まだ満足に聞き出せたわけでは……」

ないんですけど、と、莉世は肩をすくめてみせる。

とくに蒼季に関しては、彼が何をしたいのか、皇帝という地位に対して本当はどう考えているのか、謎のままだ。

「ええと……まだ時間はありますから、じっくり向き合っていこうと思います。この国だけでなく、殿下方の将来にも関わることですから」

すると光琉は、またしても感心したように何度かうなずいた。

「次期王妃という立場に浮かれることなく、しっかり見定めようとされているとは……あなたはとても優れた御方だ。あなたが凰妃であるおかげて、皇子殿下方は最高の伴侶を得不思議そうな顔をしている光琉に、「なんでもありません」とおぼろげな笑みを向ける。

慌てて口を閉じた。

「いえ、結婚の話は……」

ることができるでしょうね」

なくなるように努力している最中なのですが、と言いかけて、

「そういえば、光琉さまは？　ご結婚はされているのですか？」

ふと気になって問うてみると、光琉は「いえ私は」と、自嘲気味に首をすくめた。

「私に問題があるのでしょうね。女性とはなかなか上手くいかないのですよ」

そうは言っても、彼は官僚の頂点に立つ人物だ。爽やかな顔立ちをしている上に、物腰も柔らか。周囲が放っておくわけがないと思うのだが。

「それより凰妃、あまり無理をなさらないでくださいね。府庫からそのように本を借りてきては、ゆっくり休む暇もないのでは？」

光琉がちらりと視線をやった先には、山のように積み上がる書物があった。

「大丈夫です。時間はたっぷりありますし、この国に関する知識を入れておかないと」

そう答えたところで光琉の表情が、急に真剣味を帯びる。

「実際のところ、どうなのです？　朱樹さまと蒼季さまの、皇帝たる資質は？」

「それがまだまったくわからないんです」

というよりも、今のところ朱樹と蒼季、どちらにも難がありすぎるように思える。

しかしそう明かすわけにもいかなくて、莉世はまたしても曖昧に微笑んだ。

「それより、光琉さまにおうかがいしたいことがあるんです」

ここぞとばかりに話題を変える。

「蒼季さまに関することで、少し気になることがあって」

莉世の脳裏には、数日前の蒼季との会話がよみがえっていた。

あの時、彼が慕う人物を知りたくて、『皇帝であるお父さまとか、淑妃であるお母さまは』と例に挙げてみたのだが、彼は『とくにはいない』と遮断するように言っていた。

そのため彼と両親との関係が良好ではないのかもしれない、との印象を抱いたのだが。

「光琉さまは、蒼季さまとご家族のご関係について、なにかご存じありませんか？」

「ご家族というと、陛下や淑妃さまと、ということですか？」

「はい。あの方たちがどのような親子でいらっしゃるのか、知りたいんです」

すると彼は、顎に手をやり、記憶を探るようにしばし考え込む。

「そうですね……陛下と蒼季さまとのご関係は、朱樹さまとのそれととくに変わりはないと思いますが」

「では淑妃さまと蒼季さまは？」

「そちらのお二人の間にも、問題はないかと思われますよ。淑妃さまは蒼季さまのことを大切に思われていますし、蒼季さまも淑妃さまのもとをよく訪ねられているようです」

「ほかには？　何か、今まで気になられたことはございませんか？」

「気になったことですか……いえ、これといってとくには」

しかたのないことだが、やはり表面的な部分しかわからないらしい。

「結那は？　何か知ってる？」

　蒼季と深い関係にあった彼女のことだ。ほかの者では知り得ない情報を持っているのではないかと問うてみたが、彼女は「いえ」と無表情で首を横に振った。

　しかしそこで、結那の一歩前に立っていた麗佳が「あの」と口を開く。

「女官たちの間では周知のことなのですが、たしか蒼季さまは、朝晩の食事を後宮の淑妃さまのお部屋でとられているはずですわ」

「淑妃さまの？　って……よくわからないんだけど、それって普通じゃないの？」

「それが……通常、成人された男性は皇子殿下といえど後宮への出入りを禁じられているのです。けれど淑妃さまがそう望んでいらっしゃるとかで」

　そこで光琉が、「ああ、そういえば」と話に入ってきた。

「その件ならば私も耳にしたことがあります。たしか、武官である蒼季さまのお身体を心配された淑妃さまが、お食事の用意をされているとか」

　そう聞かされるとごく普通のことのようにも思えるが、規則を破ってまで母親と食事をともにしているという点がなんとも気になった。

「それに後宮への出入りという点で言えば、朱樹さまも同様ですよ。時折立ち入られるようですが、陛下からは黙認されているようで」

「そうですか……わかりました、ありがとうございます。麗佳も、ありがとう」

何か腑に落ちないものを抱えながら、ひとまず話を終わりにする。

けれどもうひとつ、ふと疑問を思いついた。

「あの二人……皇子殿下方の関係って、実際のところどうなんですか？」

するとすぐさま光琉が反応する。

「声を大にしては言えませんが、良好ではないでしょうね。真偽のほどはわかりませんが、朱樹さまにはよくない噂がたくさん存在していますし……人のいい蒼季さまも、兄上殿のことは意識的に避けられているのではないでしょうか」

「よくない噂って、第一皇子の人間性に関するものとか、娼館通いのことですよね？」

たしか報告書に、それらのことが記載されていた気がする。

光琉は「おっしゃるとおりです」とうなずいたが、莉世はまたしても違和感を覚えた。

彼の話ぶりからすると、皇子たちの周囲にいる者は、朱樹が異常で蒼季だけがまともだと評価しているように受け取れる。

「麗佳は？　何か知ってる？」

「光琉さまと同じ印象ですが、たしか朱樹さまと蒼季さまは、以前はとても仲良くしていらしたはずですわ。とくに蒼季さまが朱樹さまのことを慕っておられたような……わたくしが女官として勤め始めたばかりの頃ですから、八年ほど前のことだったと思いますが」

それと光琉の話とを照らし合わせるならば。

「じゃあそのあと、第二皇子が第一皇子を避け始めたってこと？」

「そのあたりの確実なことはわかりかねます。ですが、わりとすぐにそうなられたような」

八年前。その頃、朱樹と蒼季の間にいったい何があったのだろう？

顎に手をやって考え込んでいると、光琉がぽんと莉世の肩を叩いてきた。

「あなたがそのように頭を悩ませる必要はございませんよ。母が違う皇子殿下同士、互いを避けようとするのは当然のことでしょう。なにせ二人で王位を争うのですから」

「たしかに、そうなのかもしれませんけど……」

しかし先日、夜更けにこの部屋を訪れた朱樹は、蒼季のことを高く評価しているようだった。少なくともあの時の彼からは、弟をむやみに避けようとしている印象は感じ取れなかったのだが。

（よくわからないけど……彼等の間に、何か重要な出来事があった？）

今なお母と食事をともにする蒼季。そして彼は、慕っていたはずの兄をいつしか避けるようになってしまった。そこにいったいどのような理由があるのだろう？

どうにも気になってしまった莉世は、そのあとの光琉との会話も、どこか上の空になってしまったのだった。

部屋でひとり、あれこれ頭を悩ませていても、何がわかるわけでもない。

ひとしきり考えた末にそう思い至った莉世は、昼食後、麗佳を連れて府庫に新たな本を借りに行くことにした。そしてその帰路、自室に向かって外廊下を歩いていたところで、前方に派手な一団を見つけることとなる。

「ねえ、あれって……」

「このような場所で珍しいですわね。淑妃さまでございますわ」

金色の衣をまとい、背後に幾人もの侍女を従えた美しい人は、蒼季の母——淑妃だった。

「陛下のところにお出かけになられるのでしょうか」

「こういう時は、道を開けて膝をつかなければいけないんだよね？」

前もって麗佳に教えられていた礼儀を口にすれば、彼女は「ええ」と足を止める。莉世も同様に膝をつこうとし、けれど淑妃がふと立ち止まったので、様子を見ることにした。

「あら、わたくしの蒼季。こんなところで何をしているの？」

どうやら偶然、息子である蒼季と遭遇したらしい。莉世たちが立つ場所がちょうど柱の陰になっているため、こちらの存在にはいまだ気づいていないようだ。

（これで二人がどんな親子か、少しはわかるかも……）

またしても盗み聞きになってしまうが、あえて声はかけないことにした。

「ごきげんよう、母上。今から光琉のところに所用を済ませに行くところです。そのあと凰妃を訪ねようかと」

蒼季の口から急に自分の呼称が出てきたので、びっくりした。

「それはよいことだわ。なるべく部屋に通って、なんとしてでもあの者を出し抜きなさい。

いい？　皇帝になるのはあなたよ。あなたはそのために生まれてきたのだから」

思いがけず耳にしたのは、なかなかに危うい会話だった。

莉世の心臓が、無意識のうちにばくばくと波打ち始める。

「何かあればこの母を頼りなさい。先日のように、すぐに用意するわ。あれはあの小娘に渡したのでしょう？」

「ええ、仰せのままに」

「では健闘を祈るわ。いい？　絶対に皇帝になるのよ。あなたの存在価値は――」

「そこにあるのだから、ですよね？　……重々承知しておりますのでご心配なく」

「ふふっ、可愛い子。ではまた夕餉の時にね。時間に遅れず、必ず部屋にいらっしゃい」

やがて蒼季と別れた淑妃たち一行が、こちらに向かって歩いてくる気配がした。

盗み聞きをしてしまった今、できれば顔を合わせたくない。そう考えてあたふたしていると、幸いにも彼女は手前の角を曲がってくれたようだった。一方の蒼季も、莉世たちから離れるように外廊下を歩いていく。

よかった、と息を吐いて背後を振り返ると、麗佳が「まだですわ」と言わんばかりに首を横に振った。そのため莉世は、もうしばらくその場にとどまってから部屋へ戻ったのだ。

「やあ、僕の花嫁。今日のご機嫌はいかがかな？」

空が橙色に染まる夕刻。件の蒼季が莉世の部屋を訪ねてきた。

つい数時間前に、淑妃との会話を聞かれていたとは夢にも思っていないのだろう。その顔にはいつもと変わらぬ笑みが浮かべられている。

「……こんにちは。ううん、もうこんばんはかな」

窓の外からは、気の早い秋虫たちのさえずり声が聞こえている。

「今日は仕事は休みなの？　それともまた抜け出してきた？」

先日もそうだったが、彼はきちんとうかがいを立ててから部屋の中に入ってくる。朱樹とは違い、一般的な常識は身についているらしい。

「今日は午後から休みだったんだ。所用を済ませていたらこんな時間になってしまったけど、どうしても君の顔が見たくてね」

そう言いながら、蒼季は机の横に立つ莉世の前まで歩いてきた。

面と向かって顔を合わせるのは、あの日――彼が結那に、厳しい態度をみせた時以来だ。

彼の本性の一端や、母との関係性を知ってしまった莉世は、やや緊張して席をすすめる。

「こちら果南産のお茶と菓子でございます」

隣室の侍女部屋から、速やかに姿を現したのは麗佳のみだった。結那も控えていたはずだが、麗佳に待機を命じられたのかもしれない。

「よい香りだ。果南……僕の母の故郷だね」

「今日、光琉さまにいただいたの。質のよいものが手に入ったからって」

「うん、たしかにおいしい」

顔を上げた彼と、初めてまともに目が合った。

「それ、つけてくれてるんだね。翡翠の耳飾り」

莉世の耳には、緑色の大きな石が特徴的な、金細工の耳飾りが下がっていた。

蒼季は、莉世との間にある机の上に、身を乗り出すようにしてくる。

「僕が贈ったものをつけてくれているってことは、少しは期待してもいい？」

なぜすべてそっちの方向に持っていこうとするのか、戸惑わずにはいられなかった。

「もっとよく見せて。……うん、君の栗色の髪に、よく似合ってる。でも、耳に口づけるときは邪魔だろうな。まあ、その時は僕が外してあげるけど」

彼の細い指先が、莉世の耳たぶにふれる。軍の総指揮者として、普段から剣を握っているのだろう。華やかな顔立ちに似合わず、指先の皮膚は強ばっていた。

「ちょっと、やだ、何をする気？」

逃げるように立ち上がると、追いかけるように彼も椅子から腰を上げた。

「気持ちのいいこと」

彼の指が、莉世の耳元やうなじを、好き勝手に這おうとする。

「こんなことまでして……何を考えてるの？」

「どうしたら君に好きになってもらえるのか、そればかり考えてる」

「皇帝になりたいからでしょ？」

「君に恋したとは思ってくれないのか？」

「自分の容姿の程度くらい、ちゃんとわかってるもの」

やがて彼のもう一方の手が、莉世の腰に回された。

「……わかった。あなたがこういうことをするなら、わたしもはっきり言わせてもらう」

このままではらちが明かないと、莉世は彼の紫色の瞳をひたと見つめた。

そして、言う。今、莉世が確信していることを。

「あなたはわたしになんて興味ない。わたしが凰妃だから、皇帝になる必要があるから口説いてるだけ」

「……ひどい言いようだな」

大きな手に力がこめられ、ぐいと引き寄せられる。彼の顔が、互いの前髪がふれ合う距離にまで近づいてきた。

けれど莉世は動じないふりをする。なぜなら今こそが彼の心にふれるチャンスだからだ。

「ねえ、あなたはなぜ皇帝を目指すの？」

「その質問ならこの間、答えたはずだけど？」

たしかに彼は言っていた。『この国には数多の問題があり、それを解決するだけの能力が僕にはある』と。そして『指揮を執るのは僕が一番の適任だと言われ続けてきた』とも。

それを誰に言われ続けてきたのか、あの時彼は『皆に』と答えたけれど。

「あなたが皇帝を目指す理由は、お母さまにそう言われ続けてきたからね？」

問うた刹那、蒼季はその表情を凍りつかせた。

「何をいきなり……どうした？　誰かに何か言われたの？」

誤魔化すように言いながら、莉世からゆっくりと離れていく。おかしい。そう思わざるを得ないような態度だ。

「帝位を望むのはあなたの意志ではなく、あなたのお母さまの意志？『指揮を執るのはあなたが一番の適任だ』って言葉は、お母さまの言葉なんでしょ？」

すると今度は、明らかに蒼季の全身の動きが止まった。紫色の瞳が、動揺に揺れる。その様子を見逃さなかった莉世は、いよいよ確信した。やはりそうだったのか、と。

「だからこうしてわたしを口説くのね？　今までおとしてきた女の人たちみたいにわたしをおとして、あなたを皇帝に選ぶようしむけるために」

「それは……さすがに推測がすぎるな」

ようやく反論をしてきた彼だったが、その声はどことなく力がないように感じられた。

「僕はただ、君と親しくなりたいだけだ」

「これ、返すから」

莉世は蒼季の胸の前に、小さな布袋を差し出した。

「それもお母さまが用意したものだったんでしょ？」

眉をひそめた彼は、中をのぞき見るなり、雷に打たれたように顔を上げる。

袋の中には先日、蒼季から贈られた翡翠の耳飾りが入っていた。つまり今、莉世がつけているのは、彼がプレゼントしてくれたものとは違う品なのだ。

用いている石の種類は同じでも、そのデザインは大きく異なる。彼が本当に自分で選んだのであれば、すぐに気づくと思っていたのだが。

「今日の昼間、聞いたの。外廊下での、あなたとお母さまの会話」

決定打とばかりにその件を明かすと、彼はかすかに眉根を寄せた。

「この間、操り人形ってあなたは言ってたけど……」

やはりそれは、母である淑妃の、ということだったのだ。

そして母の操り人形として玉座を目指すことを強要されているからこそ、彼自身、やりたいことがわからない――いや、それについて考えることすら許されなかったのだろう。

「悪いけど、今日は帰ってくれるかな。わたし、行くところがあるから」

彼と向き合うために、避けては通れない道がある。まずはその人に会って、話をして、見極めなくてはいけない。

そうはっきりと認識した莉世は、蒼季の返事を待たずに戸口へと向かった。


「いくらなんでも無謀ですわ。お約束もされていないのに訪ねるなんて……！」

夕暮れの後宮を早足で歩く莉世のあとを、慌てた様子の麗佳が追ってくる。

「門前払いされるに決まっています！　それどころか無礼を咎められる可能性も――」

「でも今すぐお会いしたいんだもの。それで、次の角は右？　左？」

「それは左ですけど……凰妃さま！」

幾度もの制止に応えることなく、赤い柱が立ち並ぶ外廊下を進む。一歩を踏み出すたびに、衣装の裾や、髪にさした簪が揺れる。あたりに響くのは、莉世と麗佳の沓音だ。

しかし後宮という場所は、いったいどれだけ広いのだろう。いくつもの似たような扉や、大小の庭園――麗佳の案内がなければ、たちまち迷子になってしまうところだ。

「ああ、そちらじゃありません。その角を右に曲がって最奥のお部屋になりますが……」

いよいよあきらめてくれたのか、麗佳が小走りで莉世の前に出た。

「まずはわたくしがまいりますわ。なんとか取り次ぎをお願いしてみます」

「ありがとう。協力してくれるのね」

「ご希望が叶わなかったら申し訳ございません。こちらで少々お待ちくださいませ」

その言葉に従い、ひときわ大きな扉の前で立ち止まる。はやる気持ちを抑え、呼吸を整えていると、やがて麗佳が戻ってきた。

「凰妃さま、僥倖ですわ。会ってくださるそうです！　よかったですわね」

そうして通された部屋の中には。

「いったい何事なの、いきなり訪ねてくるなんて……そなただから許したものの、次からはこうはいきませんよ」

背後に数人の侍女を従え、金色の椅子に悠々と腰を掛ける淑妃――後宮最上位の女性がいた。銀糸の刺繡が見事な衣装をまとった彼女は、やはり艶やかで美しい。

（なんて豪華なお部屋なの）

　広い室内に置かれた調度品は、金の香炉、金の燭台、金の飾り棚と、ほぼすべてが金色に輝いていて、溜息がもれそうになった。天井に描かれた絵は、これまた金色の大輪の花だ。床に敷かれた深紅の絨毯は、足首まで埋まってしまいそうなほどに柔らかい。

「いつまで呆けたように立っているつもり？」

　苛立たしげに急かされ、莉世はその刺々しい雰囲気にのみ込まれそうになった。

「あの、突然申し訳ございません。けれど、すぐにでも淑妃さまにお会いしたくて」

　彼女の前で膝をつき、頭を垂れる。

「で、何用なの？」

「それは……家庭訪問です」

　少々考えたのちに宣言すると、一方の淑妃は怪訝そうに眉をひそめた。

「家庭訪問……？　意味がわからないわ」

　ならばわかっていただかなければと、すぐさま口を開く。

「わたしがご子息――蒼季さまの教育係となったことは、ご存じですか？」

「わたくしの皇子に関することですもの、もちろん知っているわ。けれど教育係など子どもの遊びのようなこと、本気で言っているわけではあるまい？」

　彼女はくすくすと小刻みに肩を揺らし始める。

「いえ、本気です。それで蒼季さまご本人と面談をしたのですが、ちょっと気になる点がありまして……ですからぜひ淑妃さまにお話をおうかがいしたくて」

そのような場合、莉世が勤務する高校では、保護者に学校まで足を運んでもらうことが常だ。けれどそれが叶わない時には、教師が家庭訪問をすると決まっている。

「いったいなんだというの」

淑妃の手にある扇が、はらりと音もなく開かれる。

「まさかわたくしの皇子に何か問題でも？」

それで隠された口元からは、すっかり笑みは消えているように思えた。

（ひっ……完全に怒ってる）

どうやら機嫌を損ねてしまったらしい。けれど、ここで怯んでいたら前には進めない。

莉世は淑妃の蔑むような眼差しを、どうにか受け止めた。震える拳を握って立ち上がれば、無意識のうちに背筋がまっすぐになる。

「あの、まずお聞きしたいのですが、淑妃さまはご子息の『やりたいこと』や、『夢』をご存じでいらっしゃいますか？」

「はっ……！　なにを言い出すかと思えば馬鹿げたことを。あれの夢？　玉座に座ることに決まっているでしょう」

「玉座……本当にそうでしょうか」

莉世は首をかしげる。

「蒼季さまにおうかがいしたところ、『自分がやりたいことなんてわかっていない』とおっしゃっていました。それから、自分は操り人形だ、とも」

「操り人形……？　あれがそのようなことを？」

「はい。では誰の？　と考えたのですが……」

淑妃の怒りを買うのがおそろしくて、数秒の間もごもごと口ごもる。

（でも言うしかない……はっきりと！）

「淑妃さまの操り人形、ということかと思いまして、確かめにまいりました！」

意を決して口にした途端、「なんですって？」と、彼女の顔色が変わった。だからこそ莉世は、間髪入れずに口を開く。そうしなければ彼女の圧力に負けてしまいそうだから。

「単刀直入にうかがいます！　淑妃さまはご子息に、『皇帝になること』を強要されていませんか？」

「そなたはいったい何が言いたい？」

射るような視線がこちらに向けられる。けれどあえてそれに気づかないふりをした。

「ここ数日、蒼季さまと言葉を交わす機会が何度かありました。それで気づいたんです。彼には二面性があって、人当たりのいい態度の裏側で、自分を利用した女性をとても憎んでいる、と。……どうやら彼は、幼い頃から女性に利用され続けてきたためそうなってしまったらしいのですが、では誰にそうされてきたのか？　その答えを知りたくて、今日、ここにまいりました」

「それがわたくしだとでも?」

昼間盗み聞いた、淑妃と蒼季の会話。それから判断するならば、そうなのだろう。

それに皇帝の制止を気にもとめず、自分の息子を必ず次代の王に選べ、と莉世に強要してきた淑妃のことだ。それ以上の圧力を蒼季にかけていてもおかしくない。

「そうではないと願いたいのですが……淑妃さまにとって蒼季さまの存在価値とは、皇帝になってこそ、なのですか？」

だからこそ蒼季は、あのような人格になってしまったのではないか？

だからこそ王になることを望み、莉世を口説いてくるのではないか？

それらはまだ推測の域を出なかった。けれどもしそうであるなら。

「わたしは本当のことを知りたいんです。蒼季さまが何を考え、どのような道を進みたいと願っているのか、彼の意志を」

そして彼の想いに寄り添い、彼が本当に望んだ未来をつかむ手助けをしたい。

なぜならそれが教師の——凰妃でありながら教育係となった莉世の役目だと思うからだ。

だから莉世は願った。

「蒼季さまの意志を聞き出すことを……彼が意志を持つことを許してくださいませんか？　そしてもし彼が望まないのなら、皇帝を目指すことを強要せずにいてあげてほしいんです」

するといよいよ我慢できないと言った様子で、淑妃は高らかな笑声を上げる。

「黙って聞いておれば、好き勝手にあれこれと」

ばかばかしいと思ったのか、あるいは取るに足りないことだと思ったのか、淑妃は「去れ」とでも言うように、莉世に向けて二度ほど扇を振った。

「昨日今日現れたばかりのそなたに何がわかるというの。あれは望んで帝位を得ようとしているの。それをそなたにどうこう言われる筋合いはないわ！」

しかし次の莉世の言葉で、淑妃は余裕の態度を引っ込めた。

「そうしてくださらなければ、わたしは偏見なく蒼季さまを評価することができません」

そう、ということはつまり。

「――今のままでは、蒼季さまを皇帝に推すことはできません！」

それは淑妃とて、とても聞き逃せない言葉だったはずだ。なぜなら鳳凰の意志を受け、凰妃として皇帝を選ぶのは、ほかでもない莉世なのだから。

「そなた……本気で言っているの？」

「はい、本気です」

彼女の重苦しい気迫に負けないよう、莉世は拳を握った。

「わたくしの皇子を選ばない、と」

「残念ですが、今のままでは」

「ではあの男を――あの女の息子を選ぶというの？　あの忌々しい女の血を……！」

朱樹のことを言っているのだろう。淑妃の顔色が、瞬く間に怒りで真っ赤になる。

「そんなことは許さないわ。そんなことをするくらいなら、いっそそなたをここで――」

「何をしているんです！」

その時、聞き慣れた声が割って入ってきた。

「莉世……なぜこんなところに？」

外廊下に面した扉から姿を現したのは、ほかでもない蒼季だった。

「ちょっと待ってくれ。行くところがあると君は言っていたが、まさかここのことだったのか？」

「ええと……あなたのお母さまにちょっとお話をおうかがいしたくて」

するとそこで待ってましたとばかりに淑妃が口を開く。

「蒼季、この凰妃とやらはまともではないわ。いきなり現れて、あなたに問題があると言うの。それからあなたの意志を聞き出したいとか、あなたが意志を持つことを許せとか、わけのわからないことをわたくしに迫るのよ」

「莉世……本当にそんなことを？」

問題があるとまでは言っていないが、内容に相違はないため、首を縦に振った。

「それから、あなたを偏見なく評価することができないとか、今のままでは皇帝に推すことはできないとか、それはまあ馬鹿げた話をつらつらと！」

「馬鹿げたなんて、ひどいです。わたしはただ彼が本当に望むことを――」

「莉世、ちょっとこっちに」

蒼季に腕を引かれて、続く言葉を遮られた。

「え、何？　わたし、まだ淑妃さまとのお話が終わってないんだけど」

しかしそのまま強引に外廊下へ連れ出され、扉を閉められる。慌てた様子の麗佳が、すぐさまあとを追ってきた。

「いいか莉世、これ以上よけいなことは口にせずに、今すぐここから去るんだ」

珍しく蒼季は、切羽詰まったように唇を噛んでいた。莉世の両肩をつかみ、「わかったね？」と、必死の形相で説得してくる。

「どうして？　あなたは何をそんなに焦ってるの？」

「君は知らないから……彼女がどんな人なのか」

彼女。おそらく淑妃のことだろう。

「あの人に話なんて通じない。気に入らなければ、その権力であらゆることを自分の思いどおりにする人だ。彼女と敵対して消えていく人を……この目で見てきた。もう何度も」

「だからあなたは、お母さまの言うとおりにしてるの？」

下手に逆らえば、周囲を巻き込んでの大問題に発展する可能性があるから？

そう推測して問うと、彼は困ったように頭を振った。

「べつにそういうわけじゃない」

けれど左右に泳ぐ視線が、「そうだ」と告げている。

「わたしは、あなたのことが知りたいの」

「僕のことならいくらでも教えると――」

「作り上げられたあなたじゃなくて、あなたの心の中を……本当のあなたを知りたいのよ」

願いを込めて言えば、蒼季は虚を突かれたように目を瞬いた。

「僕の……心の中だって？」

今の彼は、いつもとはまるで別人のようだ。取り繕っている余裕などないのだろう。軽薄で軟派な印象は、どこかへ消えている。

「本当の僕、か……そうやって調子のいいことを言う女は、たくさんいたな」

「女という存在をひとくくりにするのはどうかと思う」

「だが君がほかの女と違うと、どうやって信じろと？　今までずっと、欲の塊のような浅ましい女たちに……自分の母親にだって、都合よく利用されてきたんだ」

「やっぱりあなたはそう感じていたのね……？」

その紫色の瞳が悲しみに染まっているような気がして、莉世まで心が痛くなった。

「じゃあ聞くけど、わたしはあなたをどう利用すればいいの？」

そう。そもそも莉世には、蒼季にこだわる必要などまったくないのだ。

なぜなら凰妃として覚醒した時点で、次の王の妻となることが定められているのだから。

「逆にわたしを利用しようとしているのは、あなたたち皇子じゃない」

言われてそうだと気づいたのだろう。「たしかに」と、蒼季はすんなりうなずく。

あっさり認められれば、それはそれで腹が立つのだが。

「とにかく、わたしは本当のあなたを知って、そして判断したいだけ。あなたが皇帝に適しているのかどうかを。そしてもしあなたが皇帝になるよりもやりたいことがあるなら、教師――教育係として、そのお手伝いをするだけだから」

すると彼は、しばし考え込んだのちに、消え入りそうな声を絞り出した。

「皇帝、か……そうだな、本当は僕は――」

けれどその時、淑妃の部屋の扉が開き、彼の言葉が遮られる。

「お二方とも、淑妃さまがお呼びでございます。お早くいらしてくださいませ」

部屋の中から現れたのは、淑妃の背後に控えていた侍女のひとりだった。

莉世と蒼季は一瞬、どうする？　と探るように顔を見合わせる。が、従うしかないと判断し、再度、淑妃の部屋へ入室した。するとそこには。

「母上、これはいったい……！　何をされるおつもりですか！」

驚くことに、剣を手にした数人の兵士たちがいた。彼等は莉世を取り囲むように、すぐさま部屋のあちこちへと移動する。

「蒼季、あなたは何も心配する必要などないのよ。ただ少し凰妃にお願いをするだけ」

（そんな、まさか……力ずくで、というわけ？）

『気に入らなければ、その権力であらゆることを自分の思いどおりにする人だ』

先ほどの蒼季の言葉が、頭の中でぐるぐると渦を巻く。つまり淑妃は、莉世に身の危険を感じさせ、蒼季を皇帝に選ぶよう迫るつもりなのだろう。

「母上、彼女は鳳凰に選ばれし凰妃ですよ。その者にこうして刃《やいば》を向けるとは……父上が知れば黙っておりません！」

「そうね。けれどなんの問題もないわ。そもそもここで起きたことは、決して外にはもれないようになっているのだから。――凰妃、そなたが口を開かぬ限りはね」

優雅《ゆうが》な口調とは裏腹、冷ややかな眼差しを向けられる。彼女はどこまでも莉世のことを脅《おど》すつもりらしい。

（剣って……正気なの？）

兵士たちが手に握る刃が、燭台の火に照らされ、きらりと光る。瞬時《しゅんじ》に恐怖《きょうふ》を感じ、今すぐここから逃げ出したくてしかたがなくなる。

けれど理不尽《りふじん》な脅迫《きょうはく》に従うわけにはいかない。なぜならそれを許してしまえば、何も変えることなどできないからだ。

（一、二、三、四……相手は全部で四人……）

震える拳をどうにか握りしめ、脚《あし》を肩幅《かたはば》よりやや広めに開く。

「莉世？　何をするつもりだ！」

蒼季がさらに血相を変えた。

「何って……戦うしかないじゃない。もし向こうが攻撃《こうげき》してくるなら」

「馬鹿を言うな、死にたいのか？」

「死なない。だってわたし、生徒たちから『ヒト属最強』って呼ばれてたんだから」

動揺する気持ちを押《お》し隠《かく》し、どうにか強がってみせる。ヒト属最強。そのあだ名を、決して気に入っていたわけではなかったけれど。

「いいからおとなしくしてるんだ。君を……君に死なれたくはない」

それは彼の本心からの言葉のように感じられて、莉世の胸の内はほのかに温かくなった。

「私だって死にたくなんてない。だってあなたとちゃんと向き合うことができるって、そう確信したんだもの」

「ほう、わたくしに抗うつもりね？　面白いわ。そなたがどこまで強がれるのか、楽しませてもらいましょう」

直後、淑妃が兵士のひとりに向けてちらりと目配せをした。

（——来る！）

そう確信すると同時、莉世の左斜め前に立っていた兵士が、剣を握る手に力をこめる。

（先手を取るしかない……！）

多勢に無勢、しかも剣対素手だ。取り囲まれて攻撃されればたちどころに負けてしまう。

そう判断した莉世は、とっさに全力疾走。最後の一歩を大きく踏み込み、兵士の手元めがけて回し蹴りを繰り出した。「くっ」と顔を歪めた男の手から、騒々しい音を立てて剣が落ちる。すかさずそれを蹴り、部屋の隅へと遠ざけた。

（まずはひとり！　——次は？　誰が来るの!?）

ふたたびかまえた莉世の前に、我先にと二人の兵士が立った。

「やめろ……！　やめるんだ！　誰も動くな！」

さすがに見ていられなかったのだろう。蒼季が間に割って入ってきた。

「蒼季、そなたまさか……この母ではなく、その女の味方をする気？」

地を這うような低い声で問うたのは淑妃だ。

「違うわよね？　蒼季、さっさと退きなさい」

「母上、僕は……！」

「今すぐ『違う』と言いなさい。でなければどうなるか……もちろんわかっているでしょう？　あの女のように……八年前のように、この者もあの者も消えることになるのよ？」

瞬間、蒼季は魂を奪われたかのごとく息をのんだ。

見開かれた目、あっという間に額を濡らす汗。どうしたのだろう、あきらかに様子が変だ。莉世を庇おうと広げていた腕が、力なく下ろされる。

「ねえ、あの者って……誰のこと？」

莉世は蒼季の背にしがみつくように手をのばした。

「消えることになるって、どういうこと？　あなたも何か脅されてるのね!?」

しかも一瞬で彼の顔色を変えてしまうほどの、無慈悲な内容で。

（そんなひどいことってない……！）

「淑妃さま！」

気づけば必死に願っていた。

「お願いだから彼を解放してあげてください！　彼を自由にしてあげて……！」

しかしその言葉は、やはり淑妃にはどうでもいいことのようだった。

「この娘を消しなさい。わたくしの皇子を選ばぬ凰妃など、この国には必要ないわ」

彼女はまたしても兵士たちに攻撃を命じる。今度こそ絶体絶命。彼等は呆然とする蒼季を押しのけ、四人揃って莉世へと剣を振りかざしてきた。

（こんなの無理……！　避けきれるわけない！）

間近に迫る銀の刃に、心臓が凍りつきそうになる。

と、その時、異変が起きた。

「淑妃さま！　たいへんでございます！」

部屋の扉が前触れなく開き、ひとりの侍女が転がるようにして駆け込んできたのだ。

「下がってなさい！　あとで聞くわ」

「ですが、後宮の入り口に先触れがいらっしゃいまして、まもなく皇帝陛下がこちらに訪れる可能性がある、と……！」

「……なんですって？」

途端に淑妃の顔から表情が消えた。

「陛下が……ここに……？」

カタンッと音を立て、朱と金で塗られた派手な扇が彼女の手中から滑り落ちる。

「そんな、まさか……嘘でしょう？　なぜ今さら陛下が……」

狼狽した様子の彼女はすっくと立ち上がると、いきなりあれこれ指示を出し始めた。

「おまえたち、剣をしまってさっさと消えなさい！　それから凰妃をすぐに外へ！　蒼季も……あなたもここにいないほうがいいわ！」

　その場にいたすべての者たちがそれぞれ動き出し、部屋の中がただちに騒々しくなる。

「まさかこうしていることを知られたんじゃ……いえ、そんなことあるわけがないわ。ああ、ほら早く！　陛下の席をお作りして！」

「凰妃さま、今のうちですわ」

　耳元で囁いてきたのは麗佳だった。彼女は莉世の腕を引き、強引に外廊下へと連れ出す。

「お怪我はございませんか⁉　どこか痛いところや苦しいところは……！」

　二人になるなり、麗佳は必死の形相で莉世の身を案じてきた。

「だ、大丈夫……びっくりさせちゃってごめんね」

「まさかあのようなことになるなんて……今日のところは事なきを得ましたが……」

　淑妃と敵対することになった結果を憂いているのだろう。その表情は暗い。

「わたしもここまでのことになるとは思ってなかったんだけど……」

「莉世」

　背後から名を呼ばれて振り返ると、そこには同じく外廊下に出てきた蒼季がいた。

「大丈夫か？　怪我は？」

「してないみたい」

「そうか……それはよかった。──が、君はなんだってあんなことを」

悩ましげに額を押さえた彼は、けれど次の瞬間、弾（はじ）かれたように顔を上げる。

「兄上……！」

数メートル先の柱に、腕を組んで寄りかかる朱樹の姿があったからだ。

「兄上、なぜこのようなところに……？」

問いながら朱樹に走り寄る蒼季だったが、その答えは自分で見つけたようだった。

「そうか……兄上がされたのですね？」

「どういうこと？」

首をかしげながら、莉世も彼等のもとへと進む。

「おかしいと思ったんです。もう何年も後宮を訪れていない父が、急にこちらに来るなんてありえないと」

そうなの？　と麗佳を振り返ると、彼女は神妙（しんみょう）そうな顔でうなずいた。

「陛下は第一皇子殿下の御（ご）尊母さま――貴妃（きひ）であった雪鈴（せつりん）さまのことを、ことのほか大切にされておられたそうなのです。ですから雪鈴さまがお隠れになられたのちは、後宮を訪れることは一度もないのだとか」

「兄上、あなたがされたことなのでしょう？　莉世を助けるために」

つまり『皇帝が来る』との情報が淑妃の耳に入れば、彼女は莉世と対峙（たいじ）している場合ではなくなる。それを見越（みこ）した朱樹が、あえて部下に先触れのふりをさせ、偽（いつわ）りの情報を流した、というのが蒼季の見解のようだった。

「さあ、どうだかな」

ようやく口を開いた朱樹は、素っ気なくそう言った。

「しかしずいぶんと派手に暴れたようだな。ここにまで騒動が聞こえてきたぞ」

あきれたような眼差しが、莉世に向けられる。

「淑妃の部屋に向かった、との報告を受けた時から嫌な予感はしていたが……まさか兵士を相手に戦おうとするとはな。いくらなんでも跳ねっ返りがすぎないか？」

「報告って、誰に聞いたの？」

「おまえの行動を見張れるやつを買収してある」

朱樹は悪びれることなくそう明かした。どうせそんなところだろうとは思っていたが、まったく、この男は。

「いったい誰を買収したの？　警備兵のうちの誰か？」

しかし朱樹は、それには答えてくれなかった。

「無事で帰ってこられたのならそれでいい。が、ほどほどにしろよ」

そう言うなり彼は、莉世の頭の上に大きな手をぽんと置いた。そしてすぐさま踵を返して歩き出す。紺色の衣の裾を優雅になびかせながら。

「お待ちください、兄上！　なぜ何も言わないのです……！　今回のことも、八年前のあのことも！」

突如、蒼季が感情を露わにした。

「どうせ怒ってらっしゃるのでしょう？　憎んでらっしゃるのでしょう？　だったらそう言ってくださったほうがどれほどましか！」

　吐き捨てるように言ったあと、彼は「ははっ」と自嘲気味に笑う。

「それともまさかどうでもいいと？　はっ！　だから何も言わないのですね？　なるほど、僕は兄上にとって怒る価値もない存在か……！　ははっ！　だったらしかたない！」

「蒼季」

　弟の言葉を遮るように、朱樹が振り返った。

「おまえが気に病む必要などない。すべての罪は親父にある」

「そんなの詭弁だ！」

　蒼季は切羽詰まったように顔を歪め、衣の胸元を握りしめた。朱樹に対して何か思うところがあるのだろう。いつもの彼からは考えられないような、食ってかかる態度だ。

（八年前……？）

　昼間、麗佳によってもたらされた情報が頭をよぎる。八年前、朱樹と蒼季は仲のよい兄弟だった。けれどそのあとすぐに、蒼季が朱樹を避け始めたのだ、と。

「ねえ、八年前あなたたちに――」

　いったい何があったの？　と口に出すより先に、朱樹が琥珀色の目をすがめた。

「そうだな、ならばひとつだけ釘を刺しておくか」

　ひとりごとのように言ったのち、彼はくすりと笑う。

「蒼季、そいつには手を出すなよ」

いきなり話題が変わったのでびっくりした。そいつ——つまり莉世のことだ。

「その跳ね返りは俺のだ。少々手を焼かされてはいるがな」

「ちょっ、やめてよ！　わたしはあなたのものになるつもりなんてありませんから！」

けれど朱樹は、楽しげに口の端を上げたまま、ふたたび歩き出す。莉世の反論など、まるでどうでもいいことのように。

「兄上……なじってもくれないのですか……」

遠ざかっていく朱樹の背を、蒼季はひたと見つめ続けていた。

その姿を目にして、例の質問がふと思い起こされる。

『あなた、尊敬している人とか、慕っている人はいる？』

『それは……とくにはいないかな』

あの時莉世は、それが嘘であると直感した。なぜなら彼の声音には、迷いが滲み出ていたような気がしたからだ。

（もしかして、蒼季の慕っている人って……）

正しい答えが、朱樹の背を見つめる蒼季の瞳の中にあるような気がした。

すっかり日も暮れた頃。蒼季と別れ、自室へと戻った莉世は、まず夕食を済ませた。そして府庫から借りてきた本でも読もうと机の前に座ったのだが。

(今日はいろんなことがあったから、さすがにつかれちゃった……)

無意識のうちに、溜息をひとつ。両手を天井に向け、座ったままの体勢で身体をのばす。

本日——とくに午後からは光琉や蒼季の訪問など、何かと慌ただしかった。そして山場はそのあとだ。莉世自ら淑妃を訪ねたことにより窮地(きゅうち)を迎(むか)え、なぜか朱樹に助けられるという結末を迎えた。

(あの人……おかしなことばかり言うから、助けてくれたお礼を言えなかったじゃない)

朱樹の端整(たんせい)な顔立ちが、脳裏にパッと浮かんでくる。

次に会った際には、必ず今日の礼を伝えよう。彼に対していろいろと思うところはあるが、感謝の気持ちはきちんと表さなければいけない。

そんなことをぼんやり考えていた時、部屋の扉がノックされた。

こんな時間に誰だろう？　小走りで戸口へ走り寄る。

「遅(おそ)くにごめん」

顔を見せたのは蒼季だった。

「どうしたの……？　何かあった？」

彼とはつい二時間ほど前に別れたばかりだ。ひとまず中へ、と席をすすめるが、彼は座ろうとはしない。

「君が本当に怪我をしていないか、確認したくて」

それを気にして、あらためて訪ねてきてくれたらしい。

「擦り傷ひとつしてないから安心して。あのくらい、たいしたことないから」

と言いつつも、実際には血の気が引くほどにおそろしい出来事だった。けれど気にしないで、となんてことのないように笑ってみせる。

蒼季は、真剣な面持ちで莉世の腕をつかんできた。

「さっきは取り乱して、見苦しいところを君に見せてしまった。……幻滅した？」

「そんなことはないけど」

「ならよかった。……君に幻滅されると、つらいからね」

言い終えたあとに浮かべるのは、いつもの貼りつけたような笑みだ。どうやら彼は、軽薄で軟派な仮面をまだかぶり続けるつもりでいるらしい。

「そういうの、もうやめにしない？」

「でも、これが本当の僕だし、本当の僕の気持ちだ」

「嘘」

もう誤魔化されない。なぜなら本当の彼には今日、淑妃の部屋で出会ったからだ。

「本当のあなたはそうじゃなくて……」

しかし莉世は、そこではっとする。もしや今、彼は迷っているのではないか？　と。

（ううん、違う。迷ってるんじゃなくて……）

おそらくどうすればいいのかわからなくて、戸惑っているのだ。突然、想定外の出来事が起こり、素の自分を莉世に見せてしまったから。長らく嘘の自分を演じ続けてきた彼は、今後、どのような態度をとるべきなのかわからなくて、ただただ困惑しているのだ。

そしてわからないなりに出した答えが、仮面をかぶり続けるというものだったのだろう。

（だったら……あえて追求しないほうがいいのかもしれない）

なぜならそうすることによって、彼を追い詰めてしまう可能性があるからだ。

ならば莉世の次の一手は。

「――ねえ、これから毎日、朝食を一緒にとらない？」

唐突な提案を口にすると、蒼季は数秒の間、固まったようだった。

「……それはまた大胆な誘いだな。つまり夜を一緒に過ごそうってこと？」

その問いを無視し、莉世は話を押し進める。

「時間は……朝の七時までにここに集合っていうのはどう？　それなら仕事に影響ないでしょ？　あの人にも声をかけておくから」

「あの人って、まさか」

「朱樹のことだけど」

予想外だったのだろう。蒼季はぎょっとした様子で目を見開く。

「兄弟を仲良くさせようって魂胆？　でもそんなことをされても困るだけだ」

「じゃああなたはやめておく？　わたしは朱樹ともっと交流して、あの人が皇帝に適しているのかどうか、判断しようと思うけど」

そう。ということはつまり。

「これも皇帝選びの一環なの。もしあなたが断れば、協調性がないってことで候補から外すことになるけど、どうする？」

すると蒼季は、一瞬、苦虫を噛み潰したような顔をした。

これで彼は、莉世と朱樹とともに朝食をとるという選択をせざるを得なくなる。

そうなれば母の淑妃と過ごす時間も自然と減ることになり、彼女と引き離すことができるだろう。淑妃にしてみれば面白くないだろうが、莉世はこれを『皇帝選びの一環』と宣言した。淑妃とて、蒼季を参加させないわけにはいかないはずだ。

（それに朱樹ともっと関わらせれば……）

莉世の目には、蒼季が朱樹に対してなんらかの特別な想いを抱いているように映った。となれば、朱樹に影響され、蒼季自身にも変化が見られるかもしれない。

「ね？　明日、朱樹に話してみるから。開始は……三日後の朝なんてどうかな」

「わかった、とは言えない。少し考えさせてくれ」

「それでも待ってるから」

あなたが来てくれることを、と、莉世は蒼季の紫色の瞳をじっと見つめた。

そして仕切り直すように、ひとつ、深呼吸をする。

「……あなたはさっき、今日の騒動を謝ってたけど、わたしはああいうことになってよかったと思ってる」

「なぜだ？　危ない目にあったし、これからも……」

あうかもしれないのに。沈黙がそう語っているような気がした。

「だって今日一日で、だいぶあなたを知ることができたような気がするもの」

蒼季は不本意そうに眉をひそめながらも、反論することはなかった。

「……あなた、わたしに耳飾りをくれたじゃない？」

彼自身が選んだものじゃないことを知って、今日、突き返してしまったけれど。

「今度はあなたが選んだものを贈って」

「僕が？」

「うん。どんなものでもいいから」

そう。高価なものでなくても、道ばたに咲く花の一輪だっていい。

「だってそのほうがずっと嬉しいから」

黙り込む蒼季の瞳を見つめたまま、莉世は静かに微笑んでみせた。

「三日後の朝、ここで待ってるね」

この気持ちが、どうか彼の心に届きますように。そう願いながら。

莉世が凰妃として目覚めてから、ひと月半が過ぎた。
二十九歳の高校教師であった自分が、ある日突然、十五歳の少女として異世界で覚醒。しかも次代の王を選ぶという責務を担う存在とされたのだ。正直、ひと月半が経った今でも戸惑いは捨てられず、事態を受け入れきれずにいた。
けれどまずは目の前の状況と真摯に向き合うしかない。そう判断した莉世は、二人の皇子と交流を深めようと、日々奮闘していた。
そんな莉世の教育係としての一日は、決まって朝の六時五十分から始まる。

「おはよう、莉世。今日の君もとびきり可愛いね」

いつもの時刻。扉を開けると、そこに立っていたのは第二皇子である蒼季だった。彼は『朝食をわたしの部屋でとりましょう』という莉世の提案を、結局、受け入れてくれた。

「今日は君に上衣を選んできたんだ。気に入ってくれるといいんだけど」

「ありがとう。で、でもずいぶん派手だけど」

そして連日、彼は何かしらの贈り物をしてくるようになった。しかしそれが驚くほど趣味が悪い――いや、個性的すぎる代物で、正直、困惑せざるを得ないでいる。

最初は「やり直しをさせてくれ」と、耳がちぎれてしまうのではないかと心配になるほど石がたくさんついた耳飾りを。そして翌日は、「運気がよくなるから」と、大きな金ぴかの壺を贈られた。今日にいたっては原色が目に痛すぎる派手な服だ。この国で目覚めたばかりの莉世ですら、はっきりわかる。蒼季のセンスは悪すぎる、と。

「ええと、ちょっと前衛的なデザインで、着こなす自信がないんだけど……」

身体に服をあてながら口ごもると、蒼季は甘やかな笑みを浮かべて言った。

「その時は、雑巾としてでも使ってくれればいい」

「そんなもったいないことできない。せっかくあなたが選んでくれたのに」

「そんなに喜んでくれるなんて嬉しいな。選びがいがある」

いや、そういうわけではないのだけれど、と内心でつっこむが、口には出せなかった。

「ええと、柄はともかく、気持ちは嬉しい」

ありがとう、と微笑を向け、部屋の隅に置かれた収納箱にしまう。それには莉世の大切なもの――おもに蒼季から贈られたプレゼントを収めてあった。

その様子を見て満足したのか、蒼季は食事用に円卓の前に腰を下ろす。

「朝餉の準備をさせていただきますわね」

やがて隣室の侍女部屋から現れた麗佳と結那が、運ばれてきた食事の数々を卓上に並べ始めた。本日の献立は粥、豆腐料理、鶏肉を焼いたものに海老の蒸し料理、野菜と肉が入ったまんじゅう等、朝から品数たっぷりだ。

「こちら、蒼季さまがお好きな豆乳でございます」

結那が緊張した面持ちで蒼季に声をかけた。

「ありがとう。でも今日はいらないかな」

一方の蒼季は、結那には一瞥もくれない。彼女との情事や揉め事などまるでなかったかのように、あっさりとした態度をみせる。

（大丈夫かな……こっちがはらはらしちゃう）

蒼季がふたたび彼女を傷つけるのではないかと、莉世は気を揉むばかりだ。

「間に合ったか」

約束の七時ちょうどにようやく姿を現したのは朱樹だ。彼はまたしてもノックもせずに部屋の中に入ってくると、挨拶なしで莉世の隣の席へと腰を下ろした。

そのまますぐに箸を手にしようとするので、莉世は「ちょっと」と、扉を指さす。

「一度、外に出てもらってもいい？」

「は？　これから飯って時に何を――」

「いいから出て。それで外から扉をノック。で、わたしが迎え入れたら中に入ってきて。それでまずはみんなにおはようの挨拶。それができなければあなたとは話さないから」

「またそんな面倒なことを」

「ほら、早く立って！」

有無を言わさぬ莉世の剣幕に圧され、朱樹は「ちっ」と舌打ちしながらも一度、外へ出た。そして苛立った様子で扉を二度ほど叩く。

「どちら様ですか？」

問うた莉世に向けて、「俺に決まってるだろうが」と噛みつくように言った。

「俺、って名前の人なんて知りませんけど」

「くっ……朱樹だ」

ようやく莉世が戸を開けると、そこには朱樹のうんざり顔があった。溜息を吐きつつ部屋の中に入ってきた彼は、放り出すように言う。「おはよう」と。

「おはよう。これでようやくあなたと普通に話せる」

しかし先に着座している蒼季は、挨拶を返すことなく黙り込んでいた。

「ちょと蒼季、あなたも『おはよう』は？」

するとすかさず朱樹に制止される。

「いい。強要するな」

そうして彼も、円卓の前に腰を下ろした。

このやりとりも、もはや毎日のことだ。朱樹と蒼季の間には――というよりも蒼季が一方的に朱樹を避けているようで、二人の間には殺伐とした空気が漂っている。

いくら莉世が場を和ませようと努力しても無駄だ。朱樹の前でのみ蒼季は感情をむき出しにし、なぜか拗ねた子どものような態度をみせるのだ。

「ほら、莉世。早く食べよう。君の好きな胡麻団子、僕の分もあげるから」

莉世に対してはこんなにも優しい彼なのに。

「なんであんな態度を……」

思わずぽつりと呟くと、隣に座る朱樹がぴくりと眉を動かした。

「態度といえばおまえ、俺に対する態度が厳しすぎやしないか？」

その問いに莉世は、「えっ、そう？」と、戸惑わずにはいられなかった。

そんなつもりはないのだが、莉世自身、過去のことをまだ根に持っているのかもしれない。何せ彼には一度、強引にキスをされたばかりか、皇帝になりたいがために莉世を手に入れる、と公言されているのだ。どうしても警戒心を抱いてしまう。

「不公平だな。俺に対しても、もう少し愛想よくしてみたらどうだ」

「でも、あなたがわたしを怒らせることばかりするから」

「まったく記憶にないが」

「だったら当分わかり合えないと思う」

莉世はぷいっと顔を横向けた。

「それじゃ今日もおいしくいただきましょう」

その合図によって、皆、一斉に食事を始める。

三人で円卓を囲んでいる時間は、ものの二十分程度。その間、蒼季はどれもこれもバランスよく食べながら、合間に莉世によく話しかけてくる。そのため部屋の中には彼の明朗な声が響いていることが多い。

　一方の朱樹はおそらく好物を残して最後に堪能する派だ。自ら誰かに話しかけることはしないが、莉世の言葉に反応して口を開くことはあった。

「さて、じゃあ俺は行くぞ」

　これもいつもの光景だが、朱樹は食べ終えるなり真っ先に部屋から出て行く。そして蒼季は食後のお茶まできちんと満喫してから、「また明日」と帰っていくのだ。

　こうして毎朝集まることによって、徐々に彼等と打ち解けることができてきた。けれど次の皇帝に誰を推すかとなると、まだ頭を悩ませてしまう。それぞれにいいところがあり、それぞれに欠点があるように思えるからだ。

「やっぱり難しいな……人を評価するって」

　二人を見送ったあと、ふたたび円卓の前に腰を下ろした莉世は、ひとりごちた。

　すると麗佳が、「おつかれさまですわ」と、新しい茶を淹れてくれる。

「ですが皆、口々に申しておりますわよ。あの皇子殿下方を毎朝、集められるなんて、さすが鳳凰に選ばれし凰妃さまだ、と」

「そんなことない。ただ強く言っただけだもの」

　これは皇帝選びの一環。来てくれないと候補から外れることになる、と。

「二人とも嫌々来てくれてるの。あの重苦しい雰囲気、わかるでしょ？」

「しかたのないことですわ。お二人で王位を争われていらっしゃるわけですし」

「せっかく家族……血の繋がった兄弟なのにね」

自分には親も兄弟もいないからこそ、せつないことだと感じてしまう。

「皇帝選びとは別問題として、二人がちょっとでも仲良くなってくれればいいのに」

それぞれの長所を生かし、力を合わせれば、それこそ国のため、民のためになるのではないか。莉世はそう考え始めていた。


「ほほう、ずいぶんと借りられるおつもりですなぁ」

昼食後、新たな本を借りに府庫に出向くと、偶然、零玄と遭遇した。

久しぶりに顔を合わせた彼は、白い髭をなでつけながら、こちらへ歩み寄ってくる。

「どれどれ、鳳国の歴史、灌漑設備設計、服飾史――ずいぶんと多岐にわたりますのぉ」

「覚醒する以前のことを覚えていないんです。この国で生きていくなら、少しでも頭の中に入れておかないと」

「なるほど、勉強熱心な凰妃じゃ。この調子ならきっとよい王妃になられることでしょう」

そこで莉世ははっとした。あたりをきょろきょろ見回し、府庫までつき添ってくれた結那が近くにいないことを確認してから、零玄との距離をより詰める。

「あの……陛下はもちろん覚えていらっしゃいますよね？　わたしとの約束」

小声で問うと、零玄は「はて？」と首をひねった。

「約束、と言われますと？」

「皇子殿下方との結婚に関しての取引です」

「ああ、それでしたらもちろん、覚えていらっしゃるでしょうな」

「そうですよね。約束を反故されるなんてことは……」

「普通に考えたらありえませぬなぁ、ええ、普通でしたら」

最後の一言がどうにも気にかかったが、皇帝の側近である零玄に確認できたことで、莉世の心は落ち着いた。以前、朱樹に『国のためならおまえとの取引なんてあっさり反故にする男だぞ』と言われたこともあり、不安に思っていたのだ。できれば皇帝本人に再度、確認したいくらいだが、あれ以来、顔を合わせる機会は得られていない。

「で、どうなのです？　残りひと月半ですが、殿下方はご立派になれそうですかのぉ？」

「それは、その……」

思わず口ごもってしまった莉世だが、すぐに唇の端を引き上げた。

「もちろんそうなりますので、ご心配なく」

零玄への言葉は、そのまま皇帝の耳に入ると考えたほうがいい。

「殿下方にはそれぞれ優れている点があることがわかりましたから」

ですから楽しみにしていてください、と自信たっぷりである様を装って、府庫を出た。

「頼みますぞ。鳳凰の目が曇っていたと陛下に責められることになったら、たまりませぬからのぉ」

「――あら？　あんなところに子どもがいますね」

府庫からの帰路、日差しが降り注ぐ外廊下を歩いていると、結那が突然、足を止めた。

「ひとりで何をやっているのでしょう。迷子でしょうか」

言われて首を巡らせてみれば、後宮に繋がる廊下のあたりをきょろきょろしながら歩いている六、七歳くらいの少女の姿を見て取れる。

結那曰く、このような場所で子どもをみかけることなど、まずないのだとか。

「迷子だったらかわいそう。声をかけてみてもいい？」

けれどその時、こちらに気づいた様子の少女が、逃げるように走り出した。なぜなのだろう。どうも行動が変だ。

「行ってみよう」

どうにも気になって少女のあとを追うことにした莉世だったが。

（帰りが遅くなったら麗佳が心配しちゃうかな）

私室からの外出時、いつもつき添ってくれる麗佳は、ただ今、別の用事で外へ出ている。

そのため今日は、結那が代役として府庫までついてきてくれていた。

（それに夕方には蒼季が来る予定になってるし……）

なおさら帰室が遅れてはまずいと、できる限り早足で少女のあとを追う。

「どうやら後宮の奥へ向かったようですね」

　どれほど歩いただろうか。いくつもの角を曲がり、方角がわからなくなってしまうほど奥まった場所へ。莉世と結那は、時折見えなくなる少女の姿を懸命に捜しながら進んだ。

　そしてさらにしばらく歩を進めると、目の前にいきなり広大な花畑が現れた。

「わあ……！」

　莉世は思わず「すごい……！」と足を止める。

「なるほど、あの子はここを目指していたんですね」

　塀で囲まれた広い敷地に造られた、大きな池と東屋、石造りの橋。それらは規模は違えど、今までに見たいくつかの庭園と同様の造りだった。しかしその地面の色は大きく異なる。あたり一面に色とりどりの花が咲き乱れ、まるで楽園のような光景だったのだ。

「ここは後宮の最奥にある、後宮一大きな庭園です。ここの花で作った冠を贈ると、もらった相手は幸せになれる、との言い伝えもあるんですよ」

「あの子、どこに行ったんだろう」

「ええと……ほら、あそこにいます」

　結那が指さした方角に視線をやると、花々に埋もれるように座り込む少女の姿を見て取れた。やや距離があるためはっきりとは確認できないが、どうやら花を摘んでいるらしい。

　迷子じゃないのならよかった、と、莉世はほっと息を吐く。

　するとその時、結那が「あら？」と眉根を寄せた。

「何かあったのでしょうか……騒がしいようですけど」

言われて耳を澄ませば、たしかに背の高い塀の向こうから、人々の声や足音が聞こえてきた。しかも二人、三人といった程度ではない。十数人かと予測できるほどのものだ。

「向こうには何があるの？」

「あちらはたしか、第一皇子殿下の宮がある方角だと思いますが」

「朱樹の……？」

「凰妃さま、ここで少々お待ちいただけますか？　私、何があったのか聞いてまいります」

そうして結那は、小走りで庭園から出ていった。

（せっかくだから声をかけてみようかな）

残された莉世は、例の少女と話をしてみたくて、彼女のもとへと静かに歩いていった。

「こんにちは、何をしているの？」

「ひっ……誰よ、あなた！」

近寄る莉世にまったく気づいていなかったのか、少女はとびすさるようにして驚く。

「さっき府庫の近くにいた者ね？　あとをつけるなんて無礼だわ、名を名乗りなさい！」

彼女は不審者を見るような眼差しをこちらに向けてきた。

まだ幼いながらも、素晴らしく容姿が整った少女だ。印象的な大きな目や、桃色の小さな唇。豊かな髪は可愛らしい簪で飾られ、身につけた衣は見るからに上等そうな代物だ。

「驚かせてごめんんね。あなたが迷子になっているのかと思って、気になっちゃったの」

すると少女は、あからさまに不快そうな顔をした。

「そんなことは聞いていないわ。わたくしは名を名乗りなさいと言ったのよ」

「あ、わたしは莉世っていうの。あなたは？」

「わたしは……春鈴よ」

やけにつんけんした態度だが、その容姿に似合う、可愛らしい名だと思った。

「で、莉世。さっき言ったことは本当？　わたくしを連れ戻そうとしているわけではないのね？」

「連れ戻す？」

莉世たちを見て逃げるように走り出した彼女のことがどうにも気にかかってしまっただけなのだが、連れ戻すとは、いったいどういうことなのだろう？

「違うのならいいの。……あなた、何も知らないのね」

意味ありげに呟いた春鈴は、どうしてか安堵しているようにも見える。

「よくわからないけど……あなたはここに花を摘みにきたの？」

彼女の手には、アネモネのような形をした紫色の花が握られていた。

「ええ。この花で冠を作りたくて」

「それって、贈った相手が幸せになれるっていう花冠のこと？」

もしや、と思って問うと、少女は無言のままこくりとうなずいた。先ほどまでとは打って変わってしおらしい態度だ。

「黙って部屋を出てきたから、時間がないの。急いで作らないと迎えが来てしまうわ」

「じゃあわたしにも手伝わせてくれる？」

どうせ結那が戻ってこない限りは部屋には帰れないのだ。道順なんてとても覚えていない莉世こそ、ひとりで行動すれば確実に迷子になる自信があった。

莉世は「ね？」と、少女の横に座る。

「わたしもちゃんと、あなたの大切な人が幸せになれるよう願いをこめて手伝うから」

「……本当に？　本当に手伝ってくれるの？」

もちろん、と微笑むと、春鈴はその顔にようやく笑みを浮かべた。

「嬉しい……ありがとう！」

その表情は、ここに咲くどの花にも負けないくらい愛らしいものだった。莉世に対して警戒心を抱いていたからこその刺々しい態度で、実は素直な性質なのかもしれない。

「それで、誰に花冠を贈るの？」

莉世と春鈴は、さっそく紫色の花を摘み始めた。

「お兄さまに渡したいの。わたくしのお兄さま、いつも仕事で忙しくて、お身体壊さないか心配なんだもの」

仕事に就いているということは、最低でも彼女より十歳程度上だろう。春鈴の身なりから察するに、名のある貴族の子弟かもしれない。

「優しいお兄さんなんだ？」

うらやましいな、と呟くと、春鈴は目を輝かせながらうなずいた。

「頭がよくて、強くて、わたくしの自慢のお兄さまよ」

「どんなところが一番好き？」

引き続き花を摘みながら問うと、「たくさんあるわ！」と弾むような声が返ってきた。

「毎日お忙しくしているのに、出かける前には必ずわたくしの様子を見にきてくれるの。それで髪を結ってくれたりして……夜だって、遅い時間のお帰りなのに、必ずわたくしの部屋に来てくれるのよ。わたくしがちゃんと眠れているか、確認したいんですって」

それはまたものすごく優しい兄だ。

というよりも、兄という存在を超えて、親がすべき役目まで担っているようにも思える。

「もしかしてあなたのお父さまとお母さまは、お忙しい人なの？」

ふと思い当たって聞いてみると、春鈴は伏し目がちにうなずいた。

「お父さまとは別の場所で暮らしているの。お母さまは……わたくしが生まれてすぐに亡くなられてしまわれたみたい」

だから唯一、彼女の近くにいられる兄が、親代わりをしているのだろう。

「そう……じゃあ、なおさらお兄さまには幸せになってもらわないとね」

「幸せになれる花冠の話を聞いた時から、ずっとそれを贈りたいと思っていたの。でもここに来ることを止められていたから……だから今日はなんとしてでも作らないと」

「じゃあ一緒にがんばろう」

ひとまず十数本の花を摘み、冠の制作方法の手ほどきを春鈴から受ける。そして花同士をせっせと編み合わせながら願った。この少女とその兄が幸せになれますように、と。

「ねえ、莉世は？　兄弟はいるの？」

「ううん。わたしは家族がいないの」

ありのままを答えれば、少女は「どうして？」と、不思議そうに首をかしげた。

「父と母は死んでしまったの。それにもともと一人っ子だったから」

「それは……とてもさみしいわね」

さみしい？　あらためて考えて、たしかにそうだと思い至った。

両親亡きあと、育ててくれた叔母には言い尽くせないほどの感謝を抱いている。けれど心の中にはいつも、埋められないさみしさの穴のようなものが開いていたようにも思う。

「あなたにも、わたくしのお兄さまのような人がいればいいのに……」

唐突にそう呟いた春鈴だったが、何やら名案を思いついたのか、ぽんと手を叩いた。

「そうだわ！　今度、わたくしのお兄さまに会わせてあげる！」

「え？　どうして？」

「わたくしのお兄さまとお友達になれば、きっとあなたもさみしくなくなると思うの。だってお兄さま、本当に優しいんだもの」

幼い子供ならではの率直な提案に、莉世は「ありがとう」と頬をほころばせた。

彼女の兄とは、いったいどのような人物なのだろう？

歳はおそらく、今の莉世とそう違わない。生まれ変わる前の莉世からすれば、ずいぶん年下だ。けれど母を亡くした少女の心を、これほどまでに満たすことができる人。

いつしか莉世の中に、彼に対する純粋な興味が生まれていた。

「そうだね……いつか会えるといいね」

「ええ！　すぐにでも会えるわ、きっと」

「その時は、わたしのことをこう紹介してくれる？　わたくしのお友達よ、って」

そう願えば、春鈴は驚きに目を瞬いたのちに、花が咲いたような笑みを浮かべた。

「もちろんよ！」

「朱樹さま、こちらにはいらっしゃいませんでした！」

「内廷でも見かけた者はいないとの報告です！」

「残念ながら、こちらにも……！」

莉世と春鈴が、庭園で花冠を編んでいた、ちょうどその頃。侍女や警備兵たちから次々上がってくる報告に、朱樹は苦々しく唇を噛んでいた。

（あと残されているのは……）

後宮か！　そう思い至った刹那、心臓をわしづかみにされるような感覚に陥る。

同腹の妹の姿が見えなくなった――そう報告を受けたのは、昼食後しばらくしてのことだ。それからすでに三時間が経過しているが、いまだ彼女の行方はつかめずにいる。

当初は彼女の住まいでもある朱樹所有の宮のどこかにいるのだろうと考え、皆で捜索した。けれど発見できなかったため範囲を広げたが、それでも行方はようとして知れない。

結果、残されたのは後宮のみとなってしまった。

(あいつにもし、八年前のようなことが起きてしまえば……)

瞬時に思い起こされたのは、最愛の母の美しい顔――ではなく、土気色をした死に顔だ。

「春鈴……!」

朱樹はとっさに自分の宮を飛び出した。

「お待ちください、朱樹さま！　我らもともにまいります！」

背後から慌てた様子の兵士や侍女たちが追ってくるが、歩調を合わせている暇などない。

もし今回の春鈴の失踪が、誰かに企てられたものだったなら――いや、そうでなかったとしても、もしよからぬ者が後宮を歩く春鈴を偶然見つけ、衝動的に手にかけたなら。

(そんなことあってたまるか……！)

息せき切って、最短で後宮へ入れる道を駆け抜ける。

すると途中で、春鈴の侍女頭と出くわした。

「朱樹さま！　おそらく春鈴さまは、最奥の庭園かと……！」

「誰か見たのか!?」

「そうではありませんが、ここ最近、やけにその話をされていたのです。どうしても行きたいと願われたのですが、後宮への立ち入りは禁止されておりましたので……」

それを禁じたのはほかでもない、朱樹だった。

「最奥の庭園……なぜまたそんなところに」

朱樹はふたたび走り出した。

幼い頃を過ごした後宮は、朱樹にとっては庭のようなものだ。どのような構造になっていて、どこに誰の部屋があるのか、手に取るように把握している。

外廊下を疾走し、いくつかの角を曲がる。途中、近道とばかりに、使われていないであろう建物の中を通り抜ける。そうしてしばらく進むと、やがて目的の庭園に到着した。

（久しぶりだな……）

幼い頃、母と毎日のように訪れた、思い出の場所。そこにはあの頃と変わらず数多の花々が咲き乱れ、まるで長らく時が止まっていたかのように思えた。

目にした瞬間、当時の思い出が弾けるようによみがえってくる。

東屋の下で微笑む母。大好きな母を喜ばせたくて、懸命に花を摘む自分。『母さま、魚がいたよ！』そう言っては母を池のほとりまで連れて行き、『空がきれい！』とはしゃいでは母と手を繋ぎ、草花の上に寝転がって昼寝をした。

その頃の自分の声や母の軽やかな笑い声、空気の温度や匂いまでもがよみがえってきて、朱樹の胸はしめつけられるように痛くなる。

「春鈴……いったいどこにいる？」

温かな思い出から抜け出すように、庭園の中心に向けて一歩を踏み出した。

するとさっそく、花々の中に寝転がっている女人の姿を見つけることができた。それは朱樹が捜していた最愛の妹と。

「莉世……？」

だったのだ。

いったいなぜ二人が、一緒に？

一目散に走り寄った朱樹は、けれど声をかけることができずに立ち尽くした。

莉世と春鈴は、花を褥に幸せそうな顔をして眠っていた。足元に転がるのは、紫色の花で編まれた大きな花冠だ。そして二人は、どうしてかしっかりと手を繋いでいる。まるで幼い頃の朱樹と母が、そうしていたように。

（ここで二人で何を……？）

戸惑う朱樹だったが、やはり彼女たちに声をかけることはできずにいた。目の前の幸せな――懐かしくて愛おしい光景を、もう少しだけ見ていたいと願ってしまったのだ。

その時、朱樹の心がかすかに震えたような気がした。

（あれ……？　朱樹？）

ふと目を覚ました莉世は、ゆっくりとまぶたを上げた。すると瞳(ひとみ)に映ったのは、ぼうっとした様子でこちらを眺(なが)める朱樹の姿だった。その背後には夕暮れ色に染まる空がある。

そこで莉世は、ようやく我に返った。そうだ、ここは後宮の庭園だった、と。

どうやら莉世と春鈴は、花冠を作り終えたあと、寝転がって話をしているうちに眠ってしまったらしい。慌てて身を起こすと、側にはいまだ目を閉じている少女の姿があった。

けれどなぜ、朱樹がここにいるのだろう？

「朱樹……？　どうしてここにいるの？」

彼は引き続きぼうっとした様子のまま、春鈴の側(そば)に片膝(かたひざ)をついた。

「いや……俺は妹を捜しに……」

「って、春鈴のお兄さまって、朱樹なの!?」

そう愕然(がくぜん)とした時、ふと視界の端に、きらりと光るものが映ったような気がした。

（え……なに？）

それがなんであるのかはわからなかったが、瞬時に嫌な予感が身体中を駆け抜けた。まるで雷(かみなり)に打たれたかのように、電撃(でんげき)的に。そしてその光るものが鏃(やじり)――矢の先端(せんたん)部分だと認識(にんしき)した直後、莉世の身体は反射的に動いていた。

「危ない……！」

「莉世!?」

戸惑う朱樹と、いまだ眠ったままの春鈴。その二人に覆い被さるように倒れ込む。直後、右肩に灼けるような熱さを覚えた。

「つうっ……！」

莉世の悲鳴にも似た声でようやく我に返ったのだろう。朱樹がたちまち声を張り上げる。

「塀の上か……！　誰か！　凶手だ！　捕らえろ！」

と、ちょうど庭園へ入ってきた彼の部下らしき兵士たちが、瞬く間に動き出した。ある者は凶手がいた塀の方角へ、またある者は庭園を出て違う方角へ、さらにあと数人は莉世たちを凶手から守るような場所へ。朱樹の指示に従い、見事な速さで散っていく。

「莉世……！　肩をかすめたか！」

指摘されて自身の右肩を見やると、衣が裂けていた。そこからじわりと滲み出すのは鮮血だ。内心で「ひっ……」と震え上がりながらも、莉世はなんでもないことのように笑ってみせる。

「か、かすり傷だから、平気」

「見せてみろ！」

ぐいと腕を引かれれば、その拍子に傷が痛んでまた悲鳴がもれた。

「たしかにかすり傷だが……毒が塗ってあったらことだ」

慌てた様子の朱樹は、あろうことか莉世の傷口に唇を寄せようとする。

そこに感じる、湿った呼気。そして柔らかな唇がふれた瞬間、痛みと熱さに襲われた。

「いたっ……ちょっとやめて！　あなたに血がついちゃう！」

「暴れるな。毒を使われたかもしれないからな、少し出しておく」

「そんなことしたらあなたが死んじゃう！」

「死ぬ気はない！　が、おまえに死なれても困るだろうが！」

怒りに声を荒らげる朱樹は、暴れる莉世の身体を抱きしめるように拘束してきた。

「こんなことしてる暇があるなら、犯人を追ってよ！」

「騒ぐな。命を狙われるなど日常茶飯事だ。それに俺の部下が必ず捕らえる」

「日常茶飯事って——あっ、やだ、熱い……！」

痛みと恥ずかしさで、つい喘ぐような声がもれる。状況に心が追いつかず、頭の中が真っ白になった。気づけば莉世の瞳からは、涙がこぼれ落ちている。

「泣くな……すぐに済むから。大丈夫だから」

肩に口づけをされながら、なだめるように頭をなでられた。

「よし……毒の味はしない。安心しろ」

ようやく傷口から唇を離した朱樹は、熱い息を吐きながら血がついた口元を拭った。

「というか、馬鹿か、おまえは……！　いきなり俺たちを庇うなんて、正気か!?」

「でも、庇わなければあなたか春鈴に当たってたかもしれないじゃない」

即座に反論した。事実、彼等を庇ったからこそ自分は矢に射られたのだ、と。

「ならばなおさらなぜ庇った！」

「理由が必要なの!?」

打ち返すように言うと、朱樹は呆気にとられたように口をぱくぱくさせた。

「助けられそうだと思ったからそうしただけ。……だって目の前で誰かに何か危ないことがあったら、助けたいじゃない」

「おまえは……誰にでもそうするのか？」

問われて、一瞬だけ考えた。そしてすぐさま「うん」と首を縦に振る。

誰にでも。学校の生徒にも、春鈴にも、朱樹にも、そして蒼季にだってそうするだろう。

「誰にでもそうするし、結果がどうなろうと後悔なんてしない。あなたのことだって、何度だって庇ってみせる」

きっぱりと言い切れば、彼はまたしても唖然とした様子で首を左右に振った。

「おまえは……変わった女だな」

「何よ、それ」

「女に守られたのは初めてだ」

そして彼は、さらにひとりごとのように呟く。

「なるほど、なぜおまえが選ばれたのかが今、わかった気がする。たしかにおまえは」

王の女かもしれない。彼はそう言ったように思えた。

と、気づけば春鈴がとうに目を覚ましていた。

「この騒ぎ……わたくしのせいね？」

「春鈴……！」

朱樹が少女を抱き上げようとのばした手を、莉世は反射的につかむ。

「言わないであげて」

莉世は小声で願った。

「春鈴には言わないで。矢が飛んできたことも、わたしが怪我をしたことも」

「こいつは侍女の目を盗み、ひとりでここに来たんだ。二度とそんなことをしないよう、しっかりと言い聞かせる必要が――」

「それでも言わないで。だって彼女、あなたのためにここに来たのに……！」

そう。大好きな兄に花冠を贈りたいがために部屋を抜け出して来ただけなのに、その先でおそろしいことが起こったと知れば、彼女の心は深く傷ついてしまうだろう。

「わたしはなんともないから……こんなのかすり傷だから。ね？」

そう言って微笑んでみせると、今度は呆れたように「ちっ」と舌打ちをされた。

「やはり変わった女だ」

そうこうしている間に、少女が自分で起き上がる。

「ごめんなさい、お兄さま……わたくし、どうしてもここに来たくて……騒ぎになってしまったのね？」

彼女は今起きている凶手騒動を、自分を捜すための騒ぎだと勘違いしたようだ。

事実、彼女がいなくなって、朱樹の宮ではかなりの騒動になったらしい。先ほど塀の向こうから聞こえてきた喧噪は、皇帝の娘である彼女を捜す人々のものだったとか。

「まったく……心配をかけやがって」

地面に膝をついていた朱樹は、勢いよく春鈴を抱き上げた。その表情には、驚くほどの切迫感と安堵感が滲み出ている。

「本当にごめんなさい。もうこんなことはしないから……」

すると朱樹は、唐突にこちらに視線をくれた。おそらく本当のことを言うべきか否か、迷っているのだろう。だから莉世は、すかさず口を開く。

「春鈴、あなたのお兄さま、あなたを迎えに来てくれたの。ちょっと騒ぎにはなっちゃったみたいだけど、お兄さまは全然怒ってないって。ね？」

水を向けると、朱樹は観念した様子で息を吐いた。

「ああ……そうだな。どこぞの変わった女のおかげで、おまえを無事この手に抱ける。それだけでじゅうぶんだ」

そうして春鈴の身体を地面に立たせ、琥珀色の目を細める。

（うそ……そんなに優しい顔、するの？）

表情だけではない。春鈴の頭をなでるその手つきまでもが慈しみにあふれていて、なぜだか胸が締めつけられた。まさか彼が、こんなにも温かな眼差しを誰かに向けるなんて。

「凰妃さま！　ご無事ですか!?」

ふいに名を呼ばれて振り返ると、こちらに向かって駆けてくる麗佳の姿があった。

「よかったですわ！　部屋に戻りましたらお姿がないものですから、何事かと……！」

「麗佳……心配かけてごめんなさい。結那が戻ってくるのを待ってたんだけど」

「結那ならとうに部屋に戻っておりますわよ！」

「え……」

どうして？　と激しく疑問に思ったが、その答えは莉世が導き出せるものではなかった。

「……もしかしたら、わたしがひとりで戻ってると思ったのかもしれないね」

なんでもないことのように言って、ようやく立ち上がる。

「莉世、とりあえず送っていく。まだあたりに例の者がいるかもしれないからな」

そうして前を歩こうとする朱樹を、莉世は「待って！」と呼び止めた。なぜなら自分の足元に、紫色の花冠が転がっていることに気づいたからだ。

「これ、春鈴からあなたに」

「あっ……！」

忘れてたわ、と血相を変えた少女の小さな手のひらに、花冠を握らせる。

「これは……もしや幸せになれる、とかいう？　そのためにここに来たのか？」

どうやら朱樹も、花冠にまつわる話は知っていたらしい。

「お兄さまにこれを渡したくて……それで莉世に手伝ってもらって作ったの」

すると彼は、泡（あわ）を食ったような顔でこちらを見た。

「な、なに？」

急にじっと見つめられれば、途端に居心地が悪くなる。

「心配しなくても大丈夫。あなたに思うところはいろいろあるけど、でも春鈴とあなたが幸せになれるようにって、ちゃんと祈りながら手伝ったから」

「俺の幸せを……？」

「だから安心して受け取ってあげて。春鈴、一生懸命作ったんだから」

「ああ……そうか。それで二人でここで……」

ようやく状況を把握した様子の朱樹は。

「ありがとう」

と、なんの気なしに礼を告げてきたようだった。

しかし莉世は、彼の口から初めて発せられたそれに、びっくりして目を瞬く。

そして嬉しくなったのだ。なんだ、ちゃんと言えるのではないか、と。

「ふふっ……よかった」

「何を笑っている」

気づけばいつもの仏頂面があった。

「あなた、ちゃんと知ってるのね。『ありがとう』って気持ち」

ほっとするあまりに頬がほころび、いつしか満面の笑みになる。

すると朱樹は、またしてもはっとしたように目を見開いた。

「おまえだって……俺にそんな顔を見せるのは、初めてだろうが」

そうか、おまえはそんな顔をして笑うのか、と、彼はひとりごとのように言った。


「まさか凰妃さまを置き去りにするなんて……信じられないわ！」

すっかり夜も更けた頃、莉世の部屋には麗佳の怒号が響いていた。

「勝手に庭園にお連れしたあげく一人で部屋に戻るなんて、何を考えているの！」

両の拳を握って仁王立ちする彼女の前には、椅子に座ってうなだれる結那の姿がある。

「ちょっと待って、落ち着いて、麗佳。春鈴のあとを追うって言ったのはわたしだもの、それに関しては結那は悪くないから」

麗佳の怒りをなんとか鎮めようと、莉世は二人の間に割って入った。

「ただ、なぜ先に部屋に戻ってしまったのかは気になるの。結那、どうして？」

なるべく穏やかな口調で問うと、結那は「申し訳ありません」と、さらに頭を下げる。

「騒ぎの原因が春鈴さまの行方知れずだとわかって、すぐに庭園に戻ろうとしたのです。でも、そろそろ蒼季さまがいらっしゃる時間だと思ったら慌ててしまって……」

莉世はまだ帰らないと、とにかく蒼季に知らせなければと判断したらしい。

「それですぐ庭園に戻ろうとしたのですが、蒼季さまが話しかけてこられたので……」

「話しかけてこられたですって？　私がこの部屋に戻った時は、あなたが一方的に蒼季さまに話しかけていたように見えたけれど」

麗佳の厳しい指摘に、結那は「それは……」と、もごもご口ごもる。

「あなた、蒼季さまと二人きりになりたかったから、先に戻ったのではないの？」

「ちょっと麗佳」

あるいはそうなのかもしれないが、あまり責めても結那も頑なになるだけだ。

「今日は遅いし、もうやめよう？」

詳しくはまた明日、と、莉世は強引に話を終わらせた。

「ですが凰妃さま……！」

「とりあえず今日は我慢してほしいの。ね？　部屋に戻っても責めないであげてね」

少し時間をおけば、麗佳の怒りも落ち着くだろうし、結那も真実を話してくれるかもしれない。「お願い」と麗佳の耳元でこそっと囁くと、彼女は悩ましげに額を押さえる。

「わたくしの指導不足です。本当に申し訳ございませんでした」

そうして二人は、連れだって侍女部屋へと下がっていった。

（なんだか大ごとになっちゃった……矢を射た犯人だってまだ捕まってないみたいだし）

ひとりになった途端に気が重くなり、莉世は溜息をこぼした。

凶手騒動に加えて結那の問題など、正直、頭が痛くなることばかりだ。

けれど今日はもう何も考えず、ゆっくり本でも読もう。そしてそのまま眠ってしまえばいいと、府庫から借りてきた数冊のうちの一冊を手に取り、隣の寝室へと向かった。

（よかった……そこまで痛くない）

体を横にしても、肩の傷はそれほど気にならなかった。縫う必要もない程度で済んだのは不幸中の幸いだろう。ほっと息を吐き、本のページをめくり始める。

そうしてしばらく読書を楽しんだ頃だった。

（……なんの音？）

机や円卓が置かれている主要部屋のほうから、物音が聞こえたような気がしたのだ。

隣室に誰かいるのだろうか？　気配を殺して起き上がり、隣の部屋へ繋がる扉をわずかに開けてみる。すると外廊下へ出る戸口のあたりに、人影を見つけることができた。

（あれは……結那？）

確認しようと目をこらすが、結那らしき人物はすぐさま外廊下へ出て行ってしまった。

時刻はもう深夜。彼女が侍女部屋に下がってから、すでに二時間は経過している。普通に考えたら結那も麗佳も眠っているはずだけれど、いったい莉世の部屋になんの用があったのだろう？　疑問に思って首をひねった時、あることに気がついた。

（収納箱が開いてる……？）

莉世の大切なもの――おもに蒼季から贈られた品をしまってある箱の蓋が開いたままになっていたばかりか、中にあるはずのものすべてが消えていたのだ。

もしかして、結那が？　あとを追ってすぐさま確かめようと、莉世は外廊下へ出た。

すると莉世の存在に気づいた警備兵のひとりが、さっそくこちらにやってくる。

「こんな夜更けに、どうかなされましたか？」

「おひとりで行かせるわけにはまいりません。目的の場まで私どもが同行いたしましょう」

そう言ってくれるのはありがたいが、結那がどこに向かったのか見当もつかないのだ。

「いえ、すぐ近くなのでひとりで行けますから」

しかし警備兵は、「そういうわけには」と、しかめっ面で首を横に振る。

と、その時、低い声が割って入ってきた。

「どうした？　何を騒いでいる」

どきりとして首を巡らせると、こちらにやってくる朱樹の姿を見て取れた。

「おまえ、こんな時間にどこに行くつもりだ？」

「朱樹……あなたこそ、何をしてるの？」

「おまえに会って確かめたいことがあってな」

だから来てやった、と、彼は相変わらず偉そうに言う。

「で、おまえは？　まさか蒼季の部屋に行くつもりじゃないだろうな」

「そ、そんなわけないじゃない。わたしはただ――」

そこまで言って、ふと気づいた。

「ねえ、あなた、あっちの方向から来たの？　結那のこと見かけなかった!?」

「結那？　誰だそれは」

「毎日、顔を合わせてるじゃない！　わたしの侍女をしてくれてる、十五歳の女の子！」

「ああ、そういえばすれ違ったな。西の庭園のほうに走っていったが」

直後、莉世は「ありがとう！」と言い残し、反射的に駆け出していた。――けれど。

「待て。だからどこに行くつもりだと聞いている」

朱樹に腕をつかまれ、いとも簡単に自由を奪われてしまう。

「どこって……あなたには関係ない。離して！」

焦燥感に駆られるあまりに、嫌な言い方をしてしまった。

「ちっ……可愛げがないな。夕方のあの顔は幻か？」

あの顔？　それがいったいどれのことを指しているのか、さっぱりわからなかった。

「わたし、今すぐ結那のことを追わなくちゃいけないの」

「だったら俺も一緒に行ってやる」

「だめ！」

打ち返すように却下すると、朱樹は「なぜだ」とあからさまに不機嫌になる。

「これはちょっと……あなたに関わってこられると、面倒なことになると思うの」

莉世は思っていた。昼間、庭園に置き去りにされた件も、蒼季からの贈り物を結那が持ち出した件も、つまり女同士のトラブル。蒼季に想いを寄せる結那が、蒼季の妻候補である莉世に何かしら思うところがあって引き起こした問題だろう、と。

そういったものに異性が――しかも皇子である朱樹が関わってくると、より面倒なことになる。女同士の問題は、当事者だけで話し合ったほうが簡潔に済む場合もあるのだ。

「わけがわからないな。そんな説明で俺がうなずくと思うか？」

「それでもお願いだからうなずいて」

莉世は自分の腕をつかむ朱樹の手を、両手で包み込むように握った。

「すぐに戻るから。そしたらあなたの話――確かめたいこと？　をちゃんと聞くから」

彼の瞳をひたと見つめながら願えば、朱樹は面食らったように息をのむ。

「まったく、こういう時だけしおらしくしやがって……」

莉世が折れる気がないと察したのか、彼は「ちっ」と舌打ちをして前髪をかき上げた。

「約束だぞ」

「ありがとう！」

そう告げるなり、莉世は朱樹の手を離し、全速力で走り出していた。


（結那……よね？）

提灯の火によって、あたりがぼんやりと照らされた、とある庭園。その大きな池のほとりに、女官らしき誰かがたたずんでいた。

驚かせないようにと、足音を殺して歩み寄る。こちらに背を向けているため顔を確認することはできないが、結那に違いないとあたりをつけ、声をかけようとした。

しかし次の瞬間、莉世は自身の目を疑う。

（あれは……蒼季からもらったものだ！）

結那らしき彼女は、その手に抱えていた何かを、池の中に次々投げ入れ始めたのだ。

「やめて……！」

一目散に走り寄るが、すでに遅い。投げ入れられたものは、たちまち漆黒の水の中へと沈んでいった。唯一水面に浮かぶのは、今朝贈られたばかりの派手な上衣だ。

（せっかく蒼季が、自分の意志で選んでくれたものなのに！）

どうやって回収しようかと、池の淵に膝をつき、様子をうかがう。するとその直後、背中に強い力を感じ、莉世の体勢が激しくぐらついた。

「え……？」

背中を押された。そう認識した時にはすでに、転げるように池の中へと落ちていた。

冷たい水に浸かれば、さすがに肩の傷が痛み出す。慌てて水の上に顔を出すと、幸いにも水底に足が届いた。どうやら深くはないらしい。胸下あたりに、揺れる水面がある。

「ちょっと、何するの⁉」

さすがに腹が立ち、怒り任せに顔を上げるが、結那らしき人影は忽然と消えていた。

「え……結那？　どこに行ったの⁉」

狐につままれたような感覚で、きょろきょろとあたりを見回す。

すると背後から、くすくすと嘲るような笑い声が聞こえてきた。

「馬鹿みたい。調子にのってるからこんな目にあうんだわ」

「もとは私たちより身分が下の下級女官だったくせに……何が凰妃よ」

声は結那だけのものではない。数人――おそらく三、四人のものと思われるそれが、庭園のどこかから聞こえてきた。けれどその姿を見て取ることはできない。今は夜。いくら提灯に火が灯されていても、東屋や木々の影などは夜色に染まっているのだ。

「誰なの⁉　姿を見せて！」

必死に叫ぶが、彼女たちは笑声を大きくするばかりだ。

「わざと物音を立てたかいがあったわ。こうしてのこのこついてくるなんて……」

「本当に何も覚えてないのかしら……長らくともに過ごした同僚の声すらも？」

同僚？　その単語を聞かされた刹那、莉世の脳裏を、数人の女性の姿がよぎった。

おそらく凰妃として覚醒する以前に、ともに後宮で働いていた仲間たちの姿だろう。けれど顔は思い出せない。どうしてかそこだけ靄がかっていて、記憶が曖昧なのだ。

「同僚って……もしかしてあなたたちとわたしがそうだったの？」

姿の見えない相手に問いかけてみるが。

「上手くいったわね。この前は朱樹さまに邪魔されて閉じ込めることができなかったけど」

「あれは残念だったわ。わざわざ小火騒ぎまで起こしたのに」

どこかで聞いたような声が、驚くべきことを言い出したので、はっとする。

「まさかあの時の……⁉　その声、あの時の侍女ね⁉」

そう。凰妃として覚醒してすぐに、暗い小屋の中に閉じ込められ、朱樹に助けられたあの一件。どうやらあれも結那たちの仕業だったらしい。

「ねえ、凰妃が死んだらどうなるのかしら。そうなれば私たちにも妃になる機会が？」

「それって今、このまま凰妃を池に沈めて殺す、ということ？」

彼女たちが急に不穏な相談をし始めたので、莉世の全身の肌は寒気だった。

こうなればさすがにおとなしくしてはいられない。莉世とて好きで凰妃に選ばれたわけではないのだ。嫉妬されたあげく、またもや人生を強制終了されるなんて、たまったもんじゃない。

「……やれるものならやってみれば？」

自分でも驚くような低い声が出た。

こうなったら徹底的に話をしようと、莉世は池から這い上がる。

「まずは姿を見せて！　言いたいことがあるならいくらでも聞くから！」

と、その時、莉世が来た方角から、誰かの足音のようなものが聞こえてきた。

だからだろうか、結那たちはばたばたと騒々しい音を立ててこの場から去っていく。誰かに顔を見られたらまずいと考えたのだろう。

「意気地なし……やるなら正々堂々やればいいのに」

不満があるなら、互いの顔が見える状態で、思う存分言えばいい。小屋に閉じ込めたり、池に突き落として陰口をたたくなんて、陰湿この上ないやり方は卑怯だ。

（蒼季からのプレゼント……あの服以外は沈んじゃった……）

せめて水面に浮く上衣だけでも回収しようと、莉世はふたたび池の中へと戻った。

慎重に、水底を歩くようにして、冷たい水の中を進んでいく。

やがて右手の指先にふれたそれを引き寄せ、ほっと息を吐いた時。

(やだ、どうして……)

自分の頬をつたう熱いもの——ひとしずくの涙があることに気づいた。

頭までずぶ濡れだが、頬を湿らすのは池の水ではなくやはり涙だ。なぜ？　と戸惑っているうちに次々と瞳からあふれ、水面へと落ちていく。

(ああ、そっか……わたしの気持ち、ぐちゃぐちゃなんだ……)

ふいにそう認識すれば、さらに様々な感情が胸にこみ上げてきた。

自身が望んだわけではない転生、凰妃としての務め、慣れない生活や重圧、水に濡れて痛み出した肩の傷——ここひと月半、莉世は常にいっぱいいっぱいだった。いきなり終了してしまった前世に未練があったにもかかわらず、その想いを封印し、この世界での生活に慣れようと気を張り続けていたのだ。

その緊張の糸が今、ぷつりと切れた。女官たちに嫌がらせをされ、『好きで凰妃に選ばれたわけではないのに』と、自分で思ってしまったばかりに、抑えつけていた感情が爆発したのだ。

「そうだよ……わたしだって、好きでこうしているわけじゃないのに……」

叶うのならあのまま結城莉世として生きていたかった。たくさんの生徒たちに囲まれ、

『莉世ちゃん先生』と呼ばれ、彼等とともに賑やかに毎日を過ごしていたかった。

そう思ってしまったらもう、心を制御することなどできなかった。目頭が痛いほどに熱くなり、大粒の涙がぼろぼろとこぼれ落ち続ける。

「どうしよう……このままじゃ帰れない」

おそらく目は真っ赤。しかも全身ずぶ濡れの姿で部屋に戻れば、警備兵を驚かせてしまう。さらに部屋の前では朱樹が待っているかもしれないのだ。なんと言い訳をすればいいのかわからなくて、途方に暮れた。

「――何を泣いている」

突然、背後から大きな手で目元を押さえられた。

「誰!?」

間髪入れずに誰何したが、本当はこの手の主が誰であるのかわかっていた。

（ああ、そうか……さっき、わざと足音を立てたのは……）

「朱樹、ね？」

目元に置かれた手をどかし、背後を振り返る。するとそこには、やはり彼の姿があった。

「ちょっと……何してるの！　あなたも濡れちゃってる！」

「おまえこそ、また池に入るやつがいるか。怪我がひどくなったらどうする」

「全部見てたの……？」

「ああ。はらわたが煮えくり返りながらも、おとなしくな」

彼は苛立った様子で息を吐いた。

「ついてこないでって言ったのに」

「だから黙って見ててやっただろうが。約束は守ったぞ、感謝しろよ」

どうやら朱樹は、部屋の前で別れたあと、すぐさま莉世のあとを追ったらしい。

けれど莉世ひとりを結那のもとに行かせる、という約束を交わしていたため、女官たちが去るまで待っていたのだとか。

「俺の忍耐力を褒めるべきだな。約束がなければ、おまえを池に突き落とした女たちを即刻、斬って捨ててたぞ」

「物騒なこと言わないで。そんなに大きな問題じゃないんだから」

「なぜ自分に害を与えた人間を庇う？」

「べつに庇ってなんてない。……ただ、たいしたことじゃないと思って」

「そのわりには泣いているようだが？」

「そ、そんなことない。これはただ池の水で濡れてるだけで……！　それより！　例の犯人は捕まったの？　誰が企てたことだかわかった？」

泣いていたことをなんとか誤魔化したくて、不自然に話題を変えた。

「凶手は取り逃がした。――が、今、俺の部下が出所を探っている。じきにわかるだろう」

彼は濡れていない自分の袖で、莉世の目元を丁寧に拭い始める。

「そ、そういえば、あなたの聞きたいことって？　さっき部屋の前で言ってたでしょ？」

どうにもばつが悪くなった莉世は、またしても話題を変えようと試みた。

「俺はただ、おまえがなぜ俺にあんな顔を見せたのか、知りたかっただけだ」

あんな顔？　わからなくて首をひねっていると、「笑った顔」とつけ加えられる。

「庭園で。蒼季や侍女に見せるような顔を、俺にも初めて見せただろうが」

「そんなの、あなたがちゃんと『ありがとう』を言ってくれたからじゃない」

何をそんな当たり前のことを、と思っていると、一方の朱樹は訝しげに眉をひそめた。

「それだけのことで？　今まであんなに愛想がなかったおまえが？」

「あのね、朝も言ったけど、あなたがわたしにひどいこと――襲おうとしたり、き、キスしたりするから、普通の態度がとれないだけなんだからね。それにあなたってば横柄なふるまいばかりで、その件に関して謝りもしなければ、普段の挨拶やお礼もまったくないんだもの。誰だって愛想がなくなるに決まってるじゃない」

「いや、俺にあんな態度をとるのはおまえだけだが」

「それはあなたが皇子だから」

つまり横柄なふるまいの朱樹に対して愛想をよくしているのではなくて、皇子という地位に対して皆愛想をよくしているだけだと教えると、彼はさすがに黙ってしまった。

「……あのね、人と人との間には、思いやりや言葉が必要だと思うの」

だから感謝されればこちらも嬉しいし、自然と笑みもこぼれる。

「じゃあおまえは、俺がおまえにしたことを謝れば、態度が変わるのか？」

「もうしないって約束してくれるなら、あなたに対する警戒心はなくなると思う」

「よくわからないが、そういうものなのか……」

顎に手をやった朱樹は、ぶつぶつ呟きながら、何やら考え込んでいるようだった。

そして唐突に顔を上げて、言う。

「悪かった。もう無理にはしない……と思う」

たぶん。と、最後に自信なさげにつけ加える。

それをにわかに信じられない莉世だったが、あの傲慢な彼が初めて非を認めて謝罪したのだ。踏み出された一歩を無駄にしてはいけないと、「わかった」と表情をゆるめた。

「あなたのことを信じる」

すると朱樹は、まだ濡れていた莉世の目元をふたたび拭い始めた。

「……もう泣くな。おまえはあの時のように笑ってろ」

あの時――つまり、庭園での別れ際のように。

「じゃないと明日、とんでもない顔になるぞ」

そう素っ気なく言うけれど、その手つきは優しい。目元をそっと押さえたあとに頬や顎のあたりを。そして額を拭き、最後に前髪を整えるようになでつけてくれるのだ。

(どうしてこんなに優しくしてくれるの……？　いつも春鈴にこうしているから？)

いたわるようにこちらに向けられた眼差しに、なぜか胸が痛くなる。

弱った心に彼の気遣いが染み入り、ふたたびこみ上げてくるものがあった。

「あっ、おまえ、まだ泣くのか」

「だ、だから泣いてなんかない。ただ池の水が目にしみるだけ——」

そこまで言ったところで、続く言葉は喉の奥でかき消えた。

「ああ、もう好きなだけ泣け。拭うのも面倒だからな、こうしておいてやる」

彼の胸元に顔を押しつけるような格好で、抱きしめられたからだ。

「手を出さないって約束したくせに……！」

慌てて離れようとしたが、彼は頑なに莉世を解放しようとはしなかった。

「知るか。今はそんな場合じゃないだろうが」

そのうちに莉世は、抵抗することを完全にあきらめた。なぜならいつしか彼のぬくもりを、心地よく感じている自分がいることに気づいたからだ。

それどころかこの世界で覚醒して初めて、心が安らいでいるような気すらしている。

(安心してはだめ……)

そう。だって彼は、皇帝になりたいがために、優しくしてくれているだけなのだから。

だから彼の存在を大きくしてはいけないと、莉世は呪文のように胸中で繰り返した。

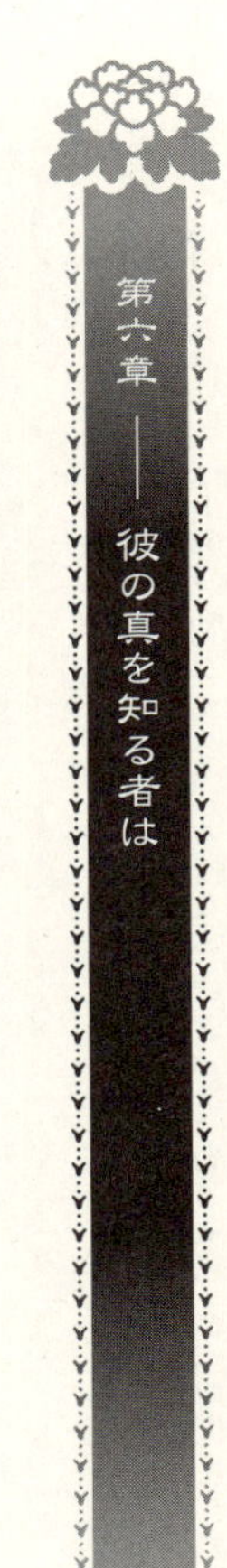

「昨夜は朱樹さまの宮で過ごされたそうですね」

翌日の夕方。部屋を訪れた光琉にいきなりそう言われ、莉世は手にしていた茶碗を盛大にひっくり返した。すると側に控えていた麗佳が、すぐに手ぬぐいを差し出してくれる。

「ご、ごめん……汚しちゃった」

麗佳は「大丈夫ですわ」と、濡れた机の上を手早く拭くと、ふたたび莉世の背後に下がった。さらにそのうしろには、結那ではない侍女——十七歳の香蓮が立っている。

なんでも結那は病を患ったとかで、夜明け前にここを去ったらしい。

その行動の理由が、昨夜の出来事にあると知っている莉世だったが、あえてその件を麗佳に報告はしなかった。結那が自ら去るという決断をしたのだ。彼女とのあれこれはこれで終わりになるだろう。

（——で、昨夜の件だったよね）

机を挟んで座る光琉は、穏やかな微笑を浮かべながら、莉世の返事を待っている。

「殿下の宮で過ごしたというか……ちょっと衣が汚れてしまって、それで彼の宮で着替えさせてもらったんです」

そう。昨夜、池の中でしばらく抱きしめられたあと、朱樹は莉世のことを自分が住まう宮へと連れて行った。もちろん自室に帰ると主張した莉世だったが、「このまま帰せるか」と最後には彼に抱きかかえられ、強引に連行されてしまったのだ。

そこで何をされるのかと、ふたたび警戒心を強めた莉世だったが。

(優しかったんだよね……あの人)

朱樹はあれこれ文句を言いながらも、侍女に命じて莉世を風呂に入れ、新たな衣に着替えさせてくれた。さらに驚いたのはそのあとだ。なんと彼は風呂上がりの莉世の髪を綿布で拭って乾かし、丁寧に櫛まで入れてくれたのだ。

「着替えさせてもらって……それでお茶をいただいて、夜明け前にはここに戻ったんです」

ですから何もありませんよ、との意味合いを含めると、光琉は「ほう」とうなずいた。

「そういうことでしたか。朱樹さまと凰妃が一晩をともにされたと宮中で噂になっていましたので、てっきり……」

「いいえ、本当にそういうわけでは」

「ということはまだお相手を――次期皇帝を選ばれてはいない、ということですね?」

「え？　はい、それはまだ」

「正直、安堵いたしました」

「なぜですか？」

なぜ皇帝を――つまり皇帝に朱樹を選んでいなければ安心するのか、疑問だった。

「いえ、最近、朱樹さまにまつわる新たな噂が出てきたものですから……」

「それはどのような？」

「いろいろありますが……たとえば国税を横領して遊び歩いているらしい、やら、弟君の暗殺を企てているらしい、などのおそろしいものも」

「そんな……！」

　にわかに信じがたい話を聞かされ、莉世は衝動的に立ち上がっていた。

「前者はわかりませんけど、後者は間違いだと思います！」

　無意識のうちに、握った拳を机の上に叩きつける。

　朱樹がそのような不穏な計画を企てるとは、とても思えなかった。

「いえ、あくまで噂ですよ」

「でもただの噂であっても、かなり悪質な内容ですよね」

「ですが噂ほどあてにならないものもありますまい。事実、昨夜のあなたと朱樹さまの間には、何もなかったのですから」

「それはそうですけど……」

「そういえば昨夜の話、蒼季さまの耳にも入られているようでしたよ。ずいぶんとお気になされているようでしたので、もしかするとじきにこちらにいらっしゃるかも――」

　しれませんね、と光琉が続けるより先に、部屋の扉が勢いよく開かれた。

「莉世！　昨夜、兄上の宮に泊まったというのは本当か⁉」

噂をすればなんとやら。珍しくノックもせずに飛び込んできたのは件の蒼季だった。

「光琉……来てたのか」

先客の存在に気づいた彼は、たちまち落ち着きを取り戻した。

「これはこれは蒼季さま。今、ちょうどその話をしていたところだったのですよ」

「あのね、その件だけど、べつに泊まったわけじゃないから」

蒼季に向けて今日何度目かの説明を広げると、彼は訝しげに眉をひそめた。

「本当に？　兄上には一度だってふれられてない？」

問われて考えた瞬間、心臓が爆発するかと思った。昨夜、池の中で朱樹に抱きしめられた時のことを、ふいに思い起こしてしまったのだ。

朱樹のこちらをいたわるような眼差しや、混ざり合うほど間近に感じた熱い吐息。抱きしめられた腕の力強さがありありとよみがえってきて、たちまち頬が熱くなる。

（なに思い出してるの、わたし！）

けれど今はあたふたしている場合ではないと、すぐに平静を装った。

「もう終わりにしよう？　本当に何もないのに、さっきからこの話ばかりなんだもの」

ね？　と重ねて念を押すと、蒼季は不本意そうな表情をしながらも、一応は納得してくれたようだった。光琉と向かい合って座る莉世の隣の椅子に、腰を下ろそうとする。

しかしその時、驚くべきことが起きた。

「お二人とも、伏せてください！」

光琉が椅子を蹴倒す勢いで立ち上がった瞬間、目の前を数本の矢が横切ったのだ。

（え……？）

突如巻き起こった事態に茫然自失。莉世の身体は石のように固まってしまっていた。なぜだろう、朱樹と春鈴を庇った昨日は、あんなにも俊敏に動くことができたのに。

「早く……！　凰妃！　蒼季さま！　ここから逃げるのです！」

莉世と蒼季のことを庇おうと、光琉が両腕を大きく広げた。直後、開け放していた窓から、再び数本の矢が勢いよく飛び込んでくる。

「くっ……！」

「光琉さま！」

身体のどこかに当たってしまったのだろう。眼前にある光琉の顔が歪められた。

「失礼します！　物音がしたようですが、どうされましたか!?」

異変に気づいた警備兵たちが、莉世の部屋の中へとなだれ込んでくる。

「凰妃か蒼季さまが狙われた……！　あちらの角度から放たれた。あとを追え！」

警備兵たちに指示を出しながらも、光琉はその場にくずおれた。

「光琉、大丈夫か!?」

「ご心配なく……脇腹をかすめただけですので」

蒼季が光琉を介抱するさまを呆然と眺めながら、莉世は回らない頭で懸命に考えていた。

（昨日に引き続き、今日も……？　そして今度は、わたしの部屋に……？）

昨日、庭園で巻き起こった凶手騒動。その時莉世は、狙われているのは朱樹——あるいは春鈴だと考えていた。それに朱樹も言っていたのだ。「日常茶飯事だ」と。

けれど今日、彼等がいないこの場所に、再び矢が打ち込まれた。ということは。

「狙われているのは……わたし？」

では、誰に？　莉世が消えて得をする人物。あるいは莉世を殺したいと願っている人物。

そう考えた時、自然と脳裏に浮かんだのは淑妃——蒼季の母の顔だった。

（だって一度、殺されそうになってるわけだし……）

以前、淑妃の私兵に剣を向けられた場面が、昨日のことのようによみがえってくる。

「そっか……わたしだったんだ」

ふたたびぼんやり呟くと、光琉が顔をしかめながら立ち上がった。どうやら彼が負った傷はそう深いものではないらしい。不幸中の幸いに、莉世はほっと胸をなでおろす。

「昨日の庭園での一件は、私の耳にも入っています。それと今の状況を合わせて推測するに、狙われたのはあなた——あるいはあなたと蒼季さま、ということになりましょう」

「え……」

蒼季も？　莉世と彼は顔を見合わせた。

「これだけの本数の矢が打ち込まれたのです。幸いにも当たりはしませんでしたが……」

たしかに、放たれた十数本の矢が突き刺さっているのは、莉世と蒼季がいたあたりだ。

光琉のおかげで事なきを得たが、二人ともに当たっていてもおかしくない。

（でもそうなると、犯人が淑妃さまである線は消える）

なぜなら彼女が蒼季を――自分の息子を狙うなんてことは絶対にありえないからだ。

（わたしと蒼季が死んで、得をする人……？）

「――朱樹さま、の可能性もありますね」

「まさか！」

打ち返すように反論していた。

「だって昨日は朱樹や春鈴も狙われたんですよ!?」

「自身が狙われているふりをされた可能性もありましょう」

つまり犯人だと疑われないためにそうしたのだろう、というのが光琉の見解だった。

だけどそんなことあるわけがない。まったくもって、絶対に。

彼が莉世や蒼季を手にかけるなんてことが、あるわけがないのだ。

しかし光琉は、顎に手をやって苦い顔をする。

「あの噂――弟君の暗殺を企てているらしい、との噂が、まさか事実だとは考えていませんでしたが……しかしあなたと蒼季さまに何かあれば、おのずと皇帝の椅子に座るのは」

朱樹だ。そう思い至った直後、蒼季が握った拳を卓上に打ちつけた。

「違う！　兄上がそんな卑劣なことをするわけがない！」

震える拳に、切羽詰まったような声。なぜか彼は、やけに感情を高ぶらせている。

「兄上は公明正大で私欲のないお方だ！　いつだって清廉で、国のためにと一心に動いていて……その兄上が卑劣なやり口で僕や莉世を殺す？　そんなことはありえない！」

「蒼季、あなた……」

朱樹のことを――兄のことをそのように思っていたのかと、莉世は驚きに目を見開いた。

朱樹に対してはいつだって刺々しい態度で接していた蒼季だ。だからこそ兄に対してどのような想いを抱いているのか、莉世はいまいちはかりかねていたのだけれど。

「蒼季は……朱樹のことが好きなのね？」

単刀直入に問うと、彼ははっとした様子で首を横に振った。

「違う……そんなんじゃない。それにそもそも僕には兄上を慕う資格なんてないんだ」

「何を言ってるの？　資格なんて、そんなもの必要ないじゃない」

「それは……たしかに必要なかったよ。八年前まではね。でも今は……」

蒼季は神妙な面持ちで、そのまま黙り込んでしまう。

「蒼季さま、今はそれどころではありません。とにかくただちに犯人をつきとめなければ」

もどかしげに間に割って入ってきたのは光琉だ。

「まずは陛下に報告いたしましょう。朱樹さまの可能性がある以上、陛下に動いていただく必要がある。場合によってはあなたが軍を動かすことになるでしょう」

「そんな、ちょっと待ってください！　だって……！」

朱樹であるわけがないのに、どうして彼であることを前提に話を進めるの？

居ても立ってもいられなくなった莉世は、無意識のうちにその場から走り出していた。

「凰妃、どこに行かれるのです！」

「朱樹のところに行ってきます！」

「おひとりでは危ない！　まだあたりに凶手がいる可能性もあるんですよ！」

「じゃあ兵についてきてもらいます！　光琉さまは怪我（けが）の手当てをしていてください！」

もうこうなったらおとなしくしていられない。今の時間彼はまだ、仕事場にいるはずだ。

真実を求めて、莉世は自室を飛び出した。


「右丞相（うじょうしょう）はただ今、外出しております」

「どこに行ってるんですか⁉」

「街に出られておりますが」

警備兵につき添（そ）われながらたどり着いた朱樹の仕事部屋。頃合（ころあ）い悪く、彼は出かけている最中だった。けれど悠長（ゆうちょう）に帰りを待ってはいられないと、莉世は間髪（かんはつ）入れずに口を開く。

「殿下はいつも、どちらの門をご利用ですか？」

「東の門をご利用になられることがほとんどですが」

「ありがとうございます」

一礼し、踵（きびす）を返（かえ）してふたたび走り出す。はやる気持ちをそのままに、警備兵とともに複雑な宮城（きゅうじょう）の中を駆（か）け抜（ぬ）けた。

そうしてたどり着いた東門だったが。

（何……？　どうしてこんなに騒がしいの？）

そこには驚くような光景が広がっていた。

二メートル程度開かれた大きな門の前には、どうしてか大変な人だかりがあった。どうやら王都に住む民たちが集まってきているらしい。彼等は「陛下にお取り次ぎを！」やら「どうか助けてください！」やら叫びながら、宮城の中へなだれ込もうとしている。

けれどそれは叶わない。なぜなら兵士たちが長棍を手にし、行く手を阻んでいるからだ。

「これはいったいなんの騒ぎなんですか!?」

莉世は東門の近くに立っている兵士へと走り寄った。と、彼は面倒くさそうに応える。

「最近、街で流行り始めた病の患者とその家族たちだそうだ。薬が足りないからよこせと押し寄せてきたんだよ！」

流行病の？　莉世はあらためて民たちに視線をやった。

先頭に立って城門を破ろうとしているのは、屈強そうな体格の男たちだ。けれどその背後には腰の曲がった老人や乳飲み子を抱いた女性、そしてかつての莉世の生徒たちを思い起こさせるような年頃の少女もいる。

「おやおや、これはまた騒々しいことですのぉ」

いつの間にそこにいたのだろう。気づけば隣に白髪の老人——零玄が立っていた。

「零玄さま、これってどうにかしてあげられないんですか!?」

つまり民たちの要求をのんであげられないのか、と問うたつもりだった。

「それをどうこうするのはこのじじいの役目ではありませぬからのぉ」

そう言って零玄は、暢気に白い髭をなでつけている。

「じゃあいったい誰の役目なんですか！」

その時、民たちが急にどよめいた。いきなり何？　戸惑っていると、やがて人だかりが左右に割れて道ができる。そこから現れたのは、一台の大きな馬車だ。

「殿下のお帰りだ！　道をあけろ！」

宮城に入ってきたそれの中からは、驚くことに、朱樹と彼の部下らしき青年数人が降りてきた。どうやら外出先から戻ってきたところらしい。

「いったい何事だ、これは」

莉世の存在に気づいていない様子の彼は、すぐさま民たちの前に立った。

「それが、流行病の患者たちが薬を求めて押し寄せてまいりまして」

「殿下が患われたら大変です。お早くここをお離れになってください！」

朱樹の周りに群がるように寄ってきた兵士たちが、とにかく民たちと引き離そうとする。

「──さて、凰妃よ。そなたが次代の皇帝に求めるものとはなんですかのぉ？」

唐突にそう問うてきたのは、莉世の隣で成り行きを見守っていた零玄だった。

いきなり何を、と、莉世は息をのむ。

「いやはや、あなたさまのお考えを一度も聞いていなかったと思いましてのぉ」

言われて、あらためて考えた。自分の思考を最大限に回転させて。

莉世がこの国の王になるべき人に求める資質とは、いったいなんだろう？

（多くの人を率いる統率力とか、人を惹きつける魅力とか、揺るぎない決断力とか……）

欲するものは、たくさんある。それこそ数えきれないほどに。

けれど何よりも大切なものは。

「民を……この国の民ひとりひとりを思いやれる心、だと思います」

そう告げた直後、またしても民たちの間からどよめきが起こった。

今度は何？　反射的に視線をやれば、文官と思われる男と朱樹が、対峙するように向かい合っている。文官はさっぱりとした顔つきの、やや神経質そうな印象の男だ。

「おお、あれは戸部の朗尚書じゃ。名のある貴族の出自ですからのぉ、そう簡単に攻略できる相手ではございませぬぞ」

攻略？　どういう意味だろうと首をかしげた莉世だったが、その意味はすぐにわかった。

「王都の民たちに薬を配布するですと？　なりません、あれを使われては宮城の備蓄がなくなってしまいます」

「ならば新たに購入すればいいだろう」

「そのような金はございません。今期の予算はもう振り分け済みです」

どうやら朱樹は、民たちのために、宮城に備えてある薬を使用しようとしているらしい。

けれど戸部——財務を担当する部署の長は、首を縦に振ろうとはしない。

「それになんの調査もせず、民たちの言葉を鵜呑みにするなど軽率この上ない行いです。

薬は高値で取引されているのですよ。あの者たちはそれを目的とした生活困窮者の可能性もありましょう」

朗尚書という男は、手にした扇をはらりと開き、これみよがしに溜息を吐く。

（ひどい……）

彼こそ、民たちが本当に困っているわけではないと、軽率に決めつけているように思える。民たちは必死の形相だ。彼等が嘘を吐いているとは、莉世にはとても思えないのに。

「さて、どうするおつもりですかのぉ」

零玄が面白がるように呟いた時、朱樹が、背後にいる部下らしき青年から何やら書類を受け取った。そして彼は、あろうことかそれを朗尚書に向けて投げつける。

「くっ……何をされるのです！」

数十枚はあろうかという紙が、ひらひらとあたりを舞って地に着いた。

「つまらぬことばかり言ってないでさっさとそれに目を通せ。病に罹った者たちの地域ごとの人数と必要な薬の種類とその数、さらにそれを用いた場合の今後の見通しだ」

「なんですと……!?」

「それから新たに薬を購入するための臨時予算の嘆願書と、その捻出方法も書いてある」

そうして朱樹は、朗尚書のむなぐらをつかむようにして迫る。

「誰にも文句は言わせぬ。予算は明日の朝議で通してみせる。だから今すぐそこをどけ」

するとそこで、零玄が「ふぉっふぉっ」と笑い出した。

「ほう。すでに諸々準備済みでしたか。しかしなぜまたこんなにも早く？」

「零玄……莉世も？　なぜここに――」

いる？　と問うてこようとした彼だったが、今はそれどころではないと判断したらしい。

「病が流行り始めたことは二日ほど前にこの者たちから聞いていた。伝染病は初期対応を誤ると手遅れになるからな。昨日のうちに各地域の長に速やかな調査を依頼し、先ほどそのとりまとめをこの者たちと行ってきたところだ」

　この者たち。朱樹は自分の背後にいる数人の青年を指す。

「見たところあなたさまの部下ではありませぬなぁ。さて、その方たちは？」

「役人ではない。が、将来、この国を担うであろうな有望な者たちだ。それぞれが経済や軍事、宗教学や医学等にとびぬけて秀でていて、大学で教鞭をとったり、自らの研究を突き詰めていたり、商売を大きく成功させたりしている」

「ほう。その方たちと日頃から交流を？」

「有能な者たちがいるとの噂を聞き、一年かけて口説いたんだ。国試を受けて役人になり、俺の下で働かないか、と」

「では次の国試で？」

「間違いなくこれらが上位を独占する形で合格するだろう。数年は下働きになるだろうが、五年後十年後、必ず政治の中枢にくる」

　結果、それが国のためになると、朱樹は考えているようだった。

「つまりあなたさまの懐刀というわけですな」

そこで零玄は、碧玉色の双眸をすがめた。

「しかし、ここにある薬すべてを使い切ってしまって本当によろしいのですか？　流行病はいずれ宮城の中にも進入するかもしれませぬ。その時に新たな薬が手に入っていなければ、あなたさま始め王族の皆さまや役人たちが死ぬかもしれませぬぞ？」

「そ、そうだ！　零玄殿の言うとおりです！　だから私は反対しているのですよ！」

急に声を大きくしたのは朗尚書だ。

「それを考えもせず民に薬を配布するなど、まったくもって愚かな行為だと――」

「黙れ！」

間髪入れずに一喝。朱樹は吼えるように言葉を継いだ。

「起こるかどうかもわからぬことのために、薬を使うなと？　今この時も、病に苦しんでいる者たちがいるのだぞ！」

「ですがただ人である民よりも王族方のお命のほうがよほど――」

「おまえは馬鹿か？　人に身分の差はあれど、命に差などありはしないだろうが！」

その時、莉世の心が震えた。静かに、けれど大きく。

（――ああ、そうか……結局、この人なんだ）

それは唐突に、けれど確信的に。その選択で間違いないのだと、莉世自身がこよなく納得するものだった。

「――だ、第一皇子殿下、万歳！」

「我らを助けてくださる！　朱樹さま、万歳！」

突如、われんばかりの歓声が起こった。気づけば民たちが揃って歓喜にわいている。

朱樹の言葉に胸を打たれたのだろう。興奮した彼等は、あろうことか門を破って朱樹のもとへと走り寄ろうとした。

「こら！　動くな！」

「中へ入ってはならぬ！」

進入を阻止しようとする兵士たちが、長棍の先を民たちに向ける。力ずくで阻むつもりなのか、危ない！　と莉世が息をのむと同時、数人の民が朱色の棒でなぎ倒された。

「やめろ！　誰も動くな！」

即座に朱樹が制止したが、その声は頭に血が上った者たちには届かなかったようだ。民たちは怖じ気づくどころか、反抗心を強めて兵士たちへと襲いかかっていった。そして兵士たちも、ためらうことなく長棍を振り回し続ける。

その時、莉世の耳に「あっ」と小さな悲鳴が届いた。それは六、七歳の女の子のものだった。騒ぎの中、親とはぐれてしまったらしい彼女は、民たちや兵士に突き飛ばされるようにして転んでしまう。

「だめ、やめて……！」

このままでは押し潰されて怪我をしてしまう！　そう予感して「ああっ」と悲鳴をもら

した直後、朱樹が動いた。どうやら少女に気づいたらしい。

「どけ！　散れ！」

彼は自身の腰にさげていた長剣を抜くと、騒ぎの中心へと自ら飛び込んでいった。

銀色の刃がひらめき、兵士たちが持つ長棍を次々斬って使い物にならなくする。暴れる民には峰打ちをくらわせ、どうにか兵士と引き離す。それでもまだ民を攻撃しようとする兵士がいれば、肘打ちや回し蹴りを繰り出し、最後のひとりの首元に剣先を突きつけた。

「——まだやるつもりなら、斬る！」

（強い！　し、上手い！）

人だかりの中で武器を振り回しながら、けれど誰にも大怪我を負わすことなく騒ぎを収めることに成功した。転んでしまった少女も、朱樹が守るように立ったおかげでどうにか救出できそうだ。彼がよほどの腕を持っているからこそできたことだろう。

けれど。

（みんなひいてしまっている……！）

先ほどまで喜びに充ち満ちていた民たちの表情は一変、朱樹への恐怖心がありありと滲み出ていた。それは兵士たちも同様だ。真剣での攻撃を受け、圧倒されてしまったのだろう。桁違いの力に「斬る」という脅し文句も相まって、みな怯えてしまっている。

その異変をさすがに朱樹も感じ取ったらしい。彼はあたりを見回しながら、少し困惑したような表情で剣を鞘にしまった。

（これじゃ周りを怖がらせて——ううん、最悪、周りを敵に回してしまう……！）

それはひどく残念なことだ。

おそらく彼は、皇子として、この国の民ひとりひとりのことを思いやっている。それなのにその想いが伝わらないばかりか、悪い印象を人々に与える結果になってしまったのだ。

「ねえ、大丈夫⁉」

ひとまず莉世は、まだ転んだままの少女のもとへと走り寄った。

「どこか痛いところがあるの？　平気？」

涙で頬を濡らす少女を、どうにか起こして抱きしめる。

「泣かないで。あなたのことはあの人が助けてくれたから」

そう言いながら笑ってみせると、周囲の空気が少し和らぐのを感じた。少女の危機だからこそ朱樹が止めに入ったのだ、と理解してくれたのかもしれない。民たちの間でさざ波のようなざわめきが起こる。

「莉世……」

驚いたように目を瞬く朱樹に向けて、莉世はひとつ、うなずいてみせた。そしてふたたび、「安心して」と少女を抱きしめる。

「もうこわくないから……何かあっても、またあの人が助けてくれるから」

だから笑って、と声をかけていると、こちらにやってきた朱樹が地面に膝をついた。

「怪我はしていないか？」

朱樹は大きな手で少女の頭をなでると、いつも自分の妹や莉世にそうしているように、彼女の衣の汚れを丁寧に払い始めた。

「危ないからな、気をつけろよ」

すると少女の母親らしき女性が、「申し訳ございません……！」と血相を変えて彼女を民たちの輪の中に引き入れる。少女を奪うようなその様があまりに朱樹をおそれているように感じられて、莉世は悲しくなった。

（なにもそんな態度とらなくてもいいのに……）

朱樹は今、どのような気持ちでいるのだろう？　様子をうかがうように視線をやってみるが、その表情から彼の感情を見て取ることはできなかった。

と、その時、可愛らしい声があたりに響き渡った。

「だいいちおうじさま、ばんざい！」

反射的に見やると、それは先ほど朱樹に助けられた少女が発したものだった。

「たすけてくれてありがとう、だいいちおうじさま！」

ああ、これできっと朱樹も救われる、と思った直後、ふたたび民たちが歓喜にわく。

「そうだ、やはり我々を助けてくださる御方だ！」

「朱樹さま、万歳！　第一皇子殿下、万歳！」

皇子という高貴な身分でありながら、民のために膝をついたことに感動したのだろう。またしても夜空を割るような拍手喝采が巻き起こった。

その光景を不思議そうに見やる朱樹の隣に、莉世は立つ。

「よかった、みんなあなたのことをわかってくれたみたい」

「違う。おまえの行動が場を和ませただけだ」

「ううん、あなたの優しさが伝わったから」

一度は離れてしまった民たちの心が、彼のもとに戻ってきたのだろう。

けれど朱樹は、「くだらない」と心底面倒くさそうに嘆息した。

「くだらなくなんてない。だって王の真価を問うのは王自身じゃなくて、周りの人だもの」

莉世は両の拳を握って力説する。

「だから皇帝を目指すなら、あなた自身のことを——意志や考えをもっと周囲にわかってもらったほうがいいと思う」

すると彼は、「ちっ」と舌打ちをして、腕を組んだ。

「面倒だな。——が、善処しよう」


「で、おまえはなぜここにいたんだ？」

東門から民たちが去り、ようやく騒ぎが収まったあと、朱樹はあらためて問うてきた。

そう。莉世は彼に、大切な用事があってここまできたのだ。

「確かめにきたの」

あらためて彼と向かい合い、その琥珀色の瞳を見つめる。

「あなたに関する変な噂を聞いたから……その真偽をあなた自身に教えてもらおうと思って、ここに来たの」

すると朱樹は、「ああ、例の噂か」となんでもないことのように言った。

「知ってるの？　自分がなんて言われているか」

「知っている。が、正直どうでもいいと思っていた」

「じゃああれは……蒼季の暗殺を企てているっていうのは、やっぱりただの噂なのね？」

「俺がそんな卑劣なことをするとでも？」

「思ってない！」

怒るように言ったあとで気がついた。自分で認識していたよりもっとずっと、彼のことを信用していたことに。

「わたしはあなたを信じてる。でもさっき、わたしの部屋に矢が打ち込まれて……蒼季とわたしが狙われたかもしれないから……」

まさか朱樹の仕業かと、光琉は疑っているようだった。

「なぜそれを先に言わない！」

途端に朱樹は顔色を変えた。

「怪我は!?　蒼季は無事か！」

「無事だけど、わたしと蒼季を庇って光琉さまが怪我をしちゃって」

「光琉が……？　本当に怪我をしたのか？」

「うん。かすり傷で済んだみたいだけど」

「行くぞ！」

莉世の部屋に、ということなのだろう。朱樹は莉世の腕をつかみ、さっそく走り出す。

目の前を行く紺色の背中。それを懸命に追いながら、莉世は自分の中に芽生えた新たな感情を整理していた。

（わたしが考える、皇帝に必要な資質。そしてそれを持っているのは……）

今日、はからずもその答えを見つけることができた。

そして国のためにとまっすぐ突き進む、不器用な彼のような人のことを。

（……そうか、わたし、好きなんだ）

認識した刹那、胸がしめつけられるように苦しくなって、なぜだか泣きたくなった。

第七章 —— 未来の王になる者は

鳳国の民たちが崇拝する瑞獣、鳳凰。

それに選ばれし女人は、次代の王を選定するという責務を負った、特別な存在となった。

鳳凰とは雄である鳳と、雌である凰が合わさった雌雄同体の神獣とされる。そのため鳳国の皇帝は『鳳王』と、そして皇帝を選定する女人は『凰妃』と呼ばれるのだ。


莉世がこの国で凰妃として覚醒してから、およそ三か月が過ぎた。

明日はいよいよ現皇帝に次期皇帝——二人の皇子のうちのどちらかの名を告げる日。この国の新たな未来への幕開けである一方、莉世が凰妃の責務から解放される日でもあった。


「結局、ひと月半かけても凶手を捕らえることはできませんでしたね」

「はい……残念ですけど、でもあれ以来、誰も狙われなくなったのはよかったです。光琉さまの怪我もすっかりよくなったみたいですし」

「私の怪我はもともとたいしたものではありませんでしたから」

「でも、わたしを庇ってくださって負った傷ですから……本当にありがとうございました」

すっかり冬模様になった空が、茜色から紫色に変化する夕暮れ。いつものように様子をうかがいに来てくれた光琉と、莉世はひと月半前の事件について話していた。

莉世が——あるいは莉世と蒼季が狙われた例の一件。あの日、凶手を捕らえるため、朱樹は蒼季に軍を動かすよう要請した。そして大規模な捜査が行われたものの、結局、凶手を捕らえることも、その背後にいる黒幕を明らかにすることもできなかったのだ。

（でも、やっぱり淑妃さまじゃないのかな……）

その疑念はいまだ莉世の心中から消えず、くすぶり続けていた。

もし彼女が莉世だけを狙ったのなら、ただ単に邪魔な存在である凰妃を消したいがため。そしてもし莉世と蒼季を狙ったのなら、その犯人を朱樹にしたて上げたいとの思惑があったのではないだろうか。

（実際、光琉さまは朱樹が黒幕じゃないかって疑いを持ったわけだし……蒼季に怪我をさせないように矢を射ることだって、可能なんじゃないかな）

といっても真相を突き止める術はなく、いつまでももやもやしたままなのだが。

「——で、凰妃、いよいよ明日は新皇帝の名を皇帝に告げる期限ですが」

「え？　ええ、はい。そうなんです」

ぼうっとしていたところに、急に違う話題を振られて我に返った。

「さすがにもうお決めになられたのでしょう？」

「はい、もう決めています。というか、実はひと月半ほど前から決めていたんです」

「そのお名をおうかがいしても？」

莉世は微笑を浮かべて、「ごめんなさい」と首を横に振った。

皇帝の従兄弟であり、官僚の頂点に君臨する光琉。莉世のことを気にかけ続けてくれた彼は、いつだって莉世のよき相談相手となってくれた。そして悪意ある矢から莉世を救ってくれたことに対しても、莉世は言い表せないほどの感謝の念を抱いている。

けれどそんな彼にだって、莉世が選んだその人の名を明かすことは、まだできない。

なぜなら莉世が真っ先に伝えるべきは、皇帝その人だからだ。

「明日まで待ってください。きっと光琉さまにも納得していただけると思うんです。……それはまあ、少々の難はあるかもしれませんけど、国を想う気持ちに関して言えば、やはり彼に勝る者はいないと思えたので」

嚙みしめるように気持ちを声に出せば、光琉は納得したようにうなずいた。

「そうですか……なるほど、わかりました」

その表情から察するに、莉世が誰の名を口にするのか、予想をつけたようにも思えた。

(明日、皇帝に言う。――朱樹の名を)

この三か月、彼の行動を見て、言葉を聞いて、そして何度もその意志の強さにふれた。

出会った当初は最悪の印象だった彼。けれど国の繁栄を願う想いは、間違いのないものであると確信することができた。つけ加えるならば国の未来のために、あらゆる計画を立て、行動を起こしていることも大きな要素だった。

彼が次代の王となり、政治の指揮を執ってくれれば、この国はより進展するに違いない。

できれば彼に寄り添う形で蒼季が協力してくれれば、向かうところ敵なしだ。

「光琉さま、ありがとうございます。今まで何度も助けていただいて」

「何をおっしゃいます。これからも何かあれば頼ってください」

「ええと、そう……ですね。何かあれば」

曖昧に応えたのは、近々、宮城を去る可能性が大いにあるからだ。

皇帝との取引が成立——朱樹や蒼季が成長したと皇帝が認めてくれれば、莉世が凰妃としてここに留まる必要はなくなる。となれば、光琉と顔を合わせることもなくなるのだ。

そう考えると、少しさみしい心地になった。


「いよいよ明日だな」

夜の帳が下り、闇が深まった頃、今度は朱樹が訪ねてきた。

季節はもう冬目前。冷えた空気が漂う部屋の中、彼は机の前に座る莉世の側に立つ。

「皆の前で、おまえが俺の名を呼ぶのが楽しみだ」

彼は行儀悪くも机の端に腰掛け、莉世の頬に手をのばしてきた。

「ちょっと、何する気？」

莉世は毅然とした態度で朱樹の手を振り払う。

「そう嫌がるな。これからはこれが普通のことになるんだからな」

凰妃は次期皇帝の妻となる。

そう信じて疑っていない彼は、今度は莉世の顎をつかみ、強引に顔を上向けさせた。

琥珀色の瞳に熱っぽく見つめられれば、たちまち居心地が悪くなる。

「相変わらず自信満々なんだから。あなたを選ぶなんて、わたしは一度も言ってないのに」

胸の内ではすでに、次期皇帝を朱樹に決めていた。けれどそれを言葉や態度として表したことは、一度もなかった。

「自信、か……たしかに自信はあるな。それだけのことをやってきたからな」

正しい自己評価だと、今は思える。事実このひと月半、彼は並々ならぬ努力をしてきた。

「たしかに、あなたにはびっくりしてる。この短期間で基本的な礼儀挨拶はずいぶんできるようになったし、部下に対する思いやりや気遣う言葉も出せるようになったもの」

それこそ周囲から、「朱樹さまはご病気か?」と、困惑の声が上がるほどに。

「皇帝どうこうは置いておくとしても、あなた、ずいぶん変わったと思う」

それは朱樹だけではない。もうひとりの皇帝候補である蒼季も同様だ。彼は手当たり次第の女遊びをやめ、とにかく仕事に打ち込むようになったのだ。

「本当に……これでわたしの役目も終わりね」

少しのさみしさを感じながら頬をほころばせると、一方の朱樹はなぜか苛立たしげに唇を噛んだ。どうして機嫌が悪くなるのだろう? 莉世は褒めたつもりでいるのに。

「まるでこの先は知らんとでも言わんばかりだな」

「そういうつもりじゃないけど……」

じきに宮城を去る気でいるため、その気持ちが滲み出てしまったのかもしれない。

「俺は、おまえを逃がすつもりはないぞ」

彼は揺るぎのない声音で言った。

「おまえは俺の妻になるんだ。即位後すぐに華燭の儀を挙げ、おまえの身体も心も俺のものにする。それこそ泣いてねだるほど可愛がってやるからな」

せいぜい覚悟しておけよ、と、朱樹は莉世の唇を意味ありげに指でなでてくる。

「そ、そんなこと勝手に決められても……」

どうせそれは、自分が皇帝になるつもりでいるからでしょう？　その副賞として凰妃を娶らなければならないから、そう言っているんでしょう？

胸の内にそんな言葉が生まれたが、声にして問うことはできなかった。なぜならそのようなわかりきったことを、あらためて確認することがこわかったのだ。

（こわい……そう思うってことは）

やはり自分は彼に好意を抱いているのだろう。

再度そう認識すれば、たちまち胸が痛くなる。

確固たる信念を持つ彼。それにふれた時から、莉世の抱く感情は次第に変わっていった。

とくに後半のひと月半なんて、努力する彼の姿に、幾度も心がゆさぶられた。

彼は莉世の指導に従い、空いた時間には積極的に莉世の部屋を訪ね、また莉世を仕事場に呼びつけた。自分に足りないものと真摯に向き合い、改善し、成長したのだ。

(強い人だと……今は思う)

彼は間違いなくこの国に必要な人だ。だからこそ彼に王になってもらいたい、と。

そしてそんな彼だからこそ、莉世は好きになったのだろう。

(だったらこのまま凰妃として宮中にとどまる?)

そうすれば莉世は、朱樹と離れることなくずっと一緒にいられる。

(でも、そうしないほうがいい)

なぜなら自分は偶発的に凰妃となった、只の人。とても王妃など務まる器ではないのだ。

そして朱樹が莉世を欲する気持ちも、ただ皇帝になりたいがためのものだとわかっていた。皇帝になれば凰妃を娶らなければならないがために、抱かれたものだ、と。

(そう、だから……勘違いなんてしない)

莉世は顎に添えられた朱樹の手を、またしても振り払った。

「あなたは、わたしが凰妃だから手放すつもりがないだけ。……そうでしょ?」

すると朱樹は、意味がわからないとでも言いたげに、眉をひそめた。

「だが、おまえは凰妃だろう?」

その問いに、莉世はたしかに、とうなずくことしかできなかった。

たしかに莉世は凰妃だ。今はまだ、と。

そして翌日——訪れた約束の日。

その日は見事な冬晴れだった。

いよいよ本日こそが、莉世が凰妃として過ごした三か月の集大成となる日。あるいは結城莉世が命を終え、生まれ変わってから十五年と三か月の集大成となる日だった。

「凰妃さま、そろそろお時間ですが」

黄金色の陽光を降り注ぐ太陽が、空高く昇り始めた朝九時頃。麗佳にうながされ、莉世は開いていた本をぱたりと閉じた。

そろそろ時間。つまり皇帝のもとへと向かう時がやってきた、ということだ。

「準備はできてるから、いつでも大丈夫」

莉世は落ち着いた心持ちで応える。

そう。すでに心は決まっている。あとは皇帝に彼の名を告げれば、自分の役目は果たされる。あらためてそう思えば胸にこみ上げるものがあって、幾度か深呼吸をした。

「ではまいりましょう」

莉世と麗佳は連れだって外廊下へ出た。そこに立つ数人の警備兵たちに行き先を告げ、内廷にある皇帝の私的な執務室へと向かう。

けれどその途中、事件が起きた。

「凰妃さま、わたくしのうしろに下がってくださいませ！」

ひとけのない通路へさしかかった時、突如、数人の不審な男たちが飛び出てきたのだ。

「なんなの!?」

気づけば周りを囲まれ、退路を断たれてしまっていた。男たちは顔に覆面をかぶり、正体を明かさないようにしている。

「誰に命令されたの!?」

男たちを見回しながら問うた時、「ひっ！」と背後で麗佳の悲鳴が上がった。

「麗佳!?」

莉世の心臓が、どくりと不穏な脈を打つ。慌てて視線をやれば、彼女は男たちふたりに羽交い締めにされてしまっていた。

「麗佳に手を出さないで！」

助けなければ！　と、反射的に拳を握って足を肩幅程度に開く。

けれどその直後、背後に忍び寄る何者かの気配を感じた。しかし為す術がない。気づいた時にはうしろから首元に手を回され、軽く締め上げられてしまっていた。

「はな、して……！　離してってば……！」

油断した！　と、後悔してももう遅い。

そうして莉世は、無防備な首元を締められ続け、いつしか気を失ってしまったのだ。

「──ああ、ようやくお目覚めですか」

ふとまぶたを開いた時、莉世は自分がどこにいるのかわからなかった。

日の光が差し込む部屋の中で、最初に目に映ったのは見慣れぬ天井だ。描かれているのは、紫色の円の中を優雅に泳ぐ金色の龍の姿。ということは。

（皇帝陛下のお部屋!?）

驚くあまりに、弾かれたように身を起こした。なぜなら紫と龍は皇帝の象徴であり、他者が使うことを禁じられている色と題材であることを知っていたからだ。──けれど。

（縛られてる……？）

両手に違和感を覚えて視線をやると、自身の手首同士が腹の前で拘束されていることに気がついた。そうだ、自分は不審な男たちに囲まれ、捕らえられたのだ。ぐるぐると渦巻く困惑を収めるために、一度、まぶたを閉じて深呼吸をする。

すると先ほど聞こえた声が、再度、莉世の鼓膜を揺らした。

「大丈夫ですか、凰妃。目覚めたはいいが、いまだ現状を把握できぬようですね？」

その声は、莉世がよく知っているものだった。

「どうして……あなたが？」

ただただ衝撃を受ける。嘘だ。そんなことあるわけがない、と。

覆面をした男たちを使い、莉世の意識を奪ってこの場に連れてきたのは。

そして二度にわたる凶手事件の黒幕もおそらく。

「どうしてこんなことを……光琉さま！」

目を開けて顔を上げると、そこには椅子に腰掛け、優雅に茶を飲む彼の姿があった。

（ああ、やっぱり……！）

あらためてそうだと確認すれば、たちまち胸が苦しくなった。

なぜ、どうして。その二言が、莉世の頭の中をせわしなく駆け巡る。

「まあ、まずはお茶でもどうぞ。と言っても、その格好では飲めないでしょうがね」

どうやら莉世は、絨毯が敷かれた床に無造作に転がされていたらしい。

（そういえば、麗佳は!?）

はっとしてあたりを見回せば、やや離れた場所に彼女が横たわっている様を見て取れた。

「ちょっと、彼女に何をしたの!?」

いまだ眠り続けている彼女の衣の袖が、引きちぎられていることに気づいた。

「とくに何もしてはいませんよ。侍女なんかに用はないのでね」

「嘘！　だって服が……！」

「連れ去る際に破れてしまったのでしょう。――それより、そのようなことを心配している暇などないのでは？」

いまだ床に座り込む莉世の姿を見ながら、光琉は楽しげに目を細めている。

「……どうしてですか、光琉さま……なぜこんなことを？」

ふたたび問えば、彼は無言のまま、より笑みを深めた。

（想像もしてなかった……完全にしてやられた！）

莉世は悔しさに下唇を噛んだ。

いつだって親身になってこちらの相談にのってくれた光琉。莉世を庇って怪我まで負っってしまった彼のことを、莉世はすっかり信用していた。凶手事件の黒幕に関しても、おそらく淑妃であるだろうと――まさか光琉であるだなんて、予想だにしていなかったのだ。

（だめ……このままじゃ、とてもまともに話しができない）

まずはどうにか冷静にならなければと、乱れた呼吸を整える。

落ち着け、莉世。光琉さまときちんと話しをするの、と、何度も自分に言い聞かせた。

「……まずは教えてください。ここはどこですか？」

平常心を取り戻すためにも、とにかく状況を把握したかった。

「ここは王都央成にある私の邸です。今は夕刻の四時を回ったところ。つまりあなたは七時間ほど気を失っていたことになる」

「光琉さま、あなたは……あなた自身が皇帝になりたいんですね？」

天井に描かれた龍の画に、目に鮮やかな紫色。それは皇帝のみが使用できる題材と色だ。

それを密かに自分の屋敷の装飾に用いているということは。

「あなたは自分が皇帝になるために朱樹のことを陥れようと……わたしと蒼季を凶手に狙わせたんですね？」

そしてわざと自分が矢に当たった。自分が黒幕であるとは、わずかも疑わせないために。

そうに違いないと確信して問うと、光琉は笑いながら首を横に振った。

「惜しい！　実に惜しいですね」

「何がですか？」

「たしかに私は皇帝になりたかった。だってそうでしょう？　現皇帝と私は従兄弟。この身体には皇帝とさして変わらない血が流れているのに、玉座に座ることはできないんですよ。……そう、こんなにも優れた私であっても！」

語っているうちに気分が高揚してきたのだろう。すっくと立ち上がった彼は、両腕を大きく広げて熱弁をふるい始める。

「私は今まで、いつだってこの国の政治と民を率いてきた。王であるために必要な能力など、この私にはすべて備わっている。それこそ二人の皇子たちより、ずっと！　それなのになぜ皇帝になれないのか？　答えは簡単だ。皇統から外れているからですよ」

「そこまでわかっていて、どうしてこのようなことを？」

では狙いはいったいなんなのか？　正直、見当がつかなかった。

「あなたが察したとおり、私は朱樹さまを陥れようとしています。彼に関する噂を吹聴したのも私。宮廷の者たちは男女問わず噂話が大好きだ。普段の朱樹さまの無愛想な態度も相まって、噂は市井にいる民たちのもとまで瞬く間に届きましたよ」

そのため朱樹を次の王にと推す者は、現時点では少ないのだという。

「あなたがよけいなことをしなければ、次の皇帝として選ばれるのは蒼季さまです」

「なぜ蒼季を……!?」

どうして光琉がそれを望むのか、やはりわからなかった。

「お気づきになりませんでしたか、凰妃。私はね、淑妃さまと通じているのですよ」

光琉はくつくつと肩を揺らし始めた。

「蒼季さまが淑妃さまの傀儡であることはご存じでしょう？　あなたが疑われたとおり、淑妃さまは蒼季さまを『皇帝になるためだけの息子』としてお育てになった。つまり淑妃さまは、何をおいても蒼季さまを皇帝にしたい。私はそこにつけ込んだのですよ」

蒼季のことを、どのような手段を講じてでも即位させてみせる。その見返りとして、彼が王になったあかつきには、政治の実権すべてを光琉にあずける――そのような取引を、彼は淑妃に持ちかけたらしい。

「淑妃さまは二つ返事で了承しました。『あれはわたくしには決して逆らわぬ。よってそなたの望みどおり、いかようにもできるだろう』とのお墨付きでね」

「なんてひどいことを……」

莉世は絶望に顔を歪めた。

淑妃がそういう母親であることは、すでにわかっていた。けれどあらためてそう明かされれば、心が切り裂かれそうに痛くなったのだ。

「以前、あなたが淑妃さまの部屋を訪ね、兵士と戦ったことがあったでしょう？　あの時は焦りましたよ。私に相談もなしに、淑妃さまはいったい何をなさるのかと」

蒼季の未来を考えれば、淑妃に問題を起こされては困る。そのため例の事件後、光琉は彼女に厳しく言い含めたらしい。『ご子息を皇帝にしたいのならば、どうかおとなしくしていてください』と。

「ですからそのあとは、淑妃さまに何をされることもなかったはずだ。……まあ、あなたはあの凶手騒動を、淑妃さまの仕業だと疑っていたのかもしれないが」

しかしあなたと同時に蒼季さまを狙うことにより、その疑惑も薄れたのでは？

鼻歌でも歌うような調子で、光琉は言った。

「まさか私が企てたこととは、思ってもいなかったでしょう？　あなたはずいぶん私を信用してくださっていたようですし」

「ええ……信用していました」

目眩のような敗北感を覚えて、莉世は額を押さえた。そう、本当に信頼していたのだ。いつでもこちらを気遣ってくれる彼のことを、なんていい人なのかと好意すら抱くほどに。

「ばかだったと思います、今は」

あっさり騙されてしまうなんて、どれほど人を見る目がないのだろう。たくさんの生徒と接する教師だった自分だ。その点に関しては自信を持っていたのに。

「あなたが蒼季さまを選んでくだされば、こうはしなかったのですよ。ですが昨日のあなたの様子から察するに、本日、名を呼ばれるのは朱樹さまだ。……違いますか？」

莉世は答えなかった。いくらその予想が当たっていても、それを最初に伝える相手は、やはり皇帝その人だと思えたからだ。

「それで、わたしをどうするつもりですか？」

「次の王冠を、蒼季さまに差し上げてください」

さらりと口にされた願いに。

「嫌です」

考える間もなく応えた。

「でしょうね」

光琉はあっさりと受け入れる。

「私があなたの立場だったとしても、蒼季さまではなく朱樹さまを選ぶでしょう。あの方には数多の難があるが、王としての資質を問うた時、突出して優れているのはたしかだ」

「だったら……！」

「が、私の足元にも及びませんがね」

どうやら光琉は、自身が誰よりも勝っていると信じて疑っていないらしい。

「今の世が……この国が平穏なのも、この私の努力のたまものです。私はいつだって、民のことを第一に考え政を行ってきた。――そう、それこそ皇帝以上にね」

なのに、と、彼は突然その表情を曇らせる。

「なのに陛下は零玄ばかりを重んじ、いつだって側に置き、私の存在を軽視する。いったいなぜか？　答えは簡単だ。それこそが陛下が無能である証ではないか！」

「ちょっと待ってください、それが理由ですか⁉」

それが淑妃との共闘を決意するきっかけとなった感情なのかと、莉世は愕然とした。

すると光琉は、胸元から扇を取り出し、ぱちりと鳴らす。なんらかの合図だったのだろう。莉世の背後の扉が開き、そこから数人の男たちが姿を現した。

「私の私兵です。――結果、やることが淑妃さまと同じになってしまいますが」

「わたしを脅す気なんですか……？」

「少々違いますね。脅す気ではなく、殺す気です」

彼の顔には、いつしかにこやかな笑みが戻っていた。

「あなたが蒼季さまを選ばないのであれば、ここで確実に消えてもらいます。そしてこの国には凰妃などいなくなる。となれば従来どおり、文武百官や民の声を鑑みて、皇帝が後継者を選定されるでしょう。そうなれば即位されるのは蒼季さまだ」

たしかに、そうかもしれない、と莉世も思った。

いくら朱樹が成長し、変わったとはいえ、ごく最近の話なのだ。彼に関する印象は従来のものが色濃く残っているだろうし、蔓延したよからぬ噂は早々には消えないだろう。

「だったらわたしは、それを阻止します」

決意にも似たその言葉は、ひとりでに口から出ていた。

「ここであなたに消されず、きちんと宮城に帰って、陛下に次の王の名を伝えます！」

だってそれこそが、凰妃である自分の役目なのだから。

「簡単に殺される気なんてありませんから！」

立ち上がった莉世は、拘束された両手を祈るように組み合わせた。自分を取り囲む兵士は五人。それぞれの腰には大きな長剣が下がっている。

またしても剣対素手。しかも両腕が自由にならないという最悪の状況だ。

本当はこわい。こわくて、心許なくて、逃げられるものなら今すぐ逃げ出したい。

けれど、そうするわけにはいかないから。凰妃として皇子たちと真剣に向き合い、また彼等も真剣に莉世の要望に応えてくれたから。

だから莉世は、立ち向かわないといけないのだ。いくら四肢が恐怖に震えていても、額に浮かんだ脂汗が、頬まで滴り落ちてこようとも。

「光琉さまの思いどおりになんて、絶対にさせません……！」

声を大きく、力の限りに叫んだ。自分を支配しようとする、おそれと戦うためにも。

けれど実際、剣を相手に素手で戦うなど無謀以外の何ものでもなかった。

「――殺れ」

光琉の合図で動き出した兵士たちにあっという間に囲まれ、四方八方から攻撃をされる。

（無理だ、よけるのがせいいっぱい……！）

衣装の裾を翻しながら、莉世は部屋の中を無我夢中で逃げ回った。

時には身を屈めたり、飛び上がったり。どうにか剣筋を見極め、左右に身体をひねる。

（こわい……！　やっぱり逃げ出したい……！）

もうやめて！　お願いだから終わりにして！　と、いよいよ叫びたくなった。

けれどその時、ひと月半ほど前の記憶がふとよみがえる。それは宮城の東門に、流行病に侵された民とその家族たちが集まった夜の場面だった。

あの時、朱樹は、備蓄されている薬を民たちに配布しようとした。そして言ったのだ。

『人に身分の差はあれど、命に差などありはしないだろうが！』と。

その時、莉世の心が震えた。そして気づいたのだ。自分は彼に惹かれている、と。

そう、だから莉世はなんとしてでも、この場を切り抜けなければならない。でなければ朱樹を――自分が惹かれたあの人を、皇帝にできなくなってしまうから。

（今、なんとしてでもがんばらなくちゃ……！　朱樹のためにも！）

けれど、願いにも似た気持ちだけではどうにもならなかった。

（まずい……！）

眼前でひらめく白刃。間一髪のところで避けたが、別方向からの攻撃に身を屈めたところで足がもつれた。気づけば瞳に天井の龍の画が映っている。

（え……そんな）

いつしか莉世の身体は床の上に転がっていた。ふらついた際に衣装の裾を踏まれ、体勢を崩してしまったのだろう。いよいよ絶体絶命。床に仰向けにされた状態で剣先を突きつけられてしまえば、もうどうすることもできなかった。

「光琉さま、よろしいのですね？」

つまり、本当に殺してもいいのか？　と、剣を握る男が主に確認をした。

「この国に凰妃など必要ない。これですべてが上手くいく」

殺れ、と、光琉は躊躇うことなく指示を出す。

（やだ……本当にここで終わりなの!?）

またしても死ななければならないのかと予感すれば、悔しくて目の前が真っ赤になった。

絶対に嫌だ！　強く思いながら、無意識のうちにまぶたを閉じる。すると真っ暗になった視界に、またもや朱樹の顔が浮かんできた。続いて蒼季の顔、麗佳の顔、香蓮や零玄、皇帝の顔など、この世界で出会ったあらゆる人々の顔が浮かんでは消えていく。

そんな中、最後にもう一度思い出したのは、やはり彼のことだった。

「凰妃、覚悟……！」

（――朱樹！）

その名を声に出さずに呟いた刹那。

「――おい、俺の未来の妻をどうするつもりだ？」

頭上から低い声音が降ってきたような気がした。

続いてあたりに響く、金属同士がぶつかり合う音。まさか、と、莉世は弾かれたように
まぶたを上げる。嘘だ、空耳だ。だって彼がこんなところにいるはずがないのだから、と。

けれど目に映ったのは、莉世を庇うようにして立つ、紺色の広い背中。

「どうしてここにいるの……⁉」

「俺のものを好きにされたくはないからな」

怒ったように言ったのは、ついさっきまで莉世の頭の中にいたその人――朱樹だった。

「どけ！　邪魔だ！」

彼は手に握る剣で目の前の兵士をなぎ倒すと、そのまま残りの者たちと斬り結び始めた。

（やっぱりこの人、相当強い……！）

朱樹の華麗ともいえる剣技に圧倒され、思わず息をのむ。

そうこうしているうちに、彼は五人の兵士たちにあっさり勝利した。そして莉世の眼前
までやってきて、片膝をつく。

「朱樹……」

その名を声に出して呼んだ時、なぜだか泣きたくなった。

「まったくおまえは……また怪我をするつもりか？　俺のものになる自覚がなさすぎるぞ」

彼はすぐさま、莉世の手首を拘束する縄を剣で切る。

「……だが、間に合ってよかった。無事でいてくれて、本当に」

よかった、と珍しく優しい言葉をかけられれば、全身から力が抜け、感情が暴れ出した。

（こわかったの……）

そう。本当は泣きわめいてしまいたいほどにこわかった。

ここで人知れず殺されてしまうのだと、もう誰に会うこともできないのだと思えば、心臓が凍りつきそうなほどこわかったのだ。

「おい、泣くのはもう少し待て。今はまだ抱きしめてやれないからな」

困ったような顔をして、朱樹は莉世の目元を拭う。

「まずはあいつを捕らえる」

そうだ。助けてもらって安堵していたが、実際にはまだ何ひとつ解決していないのだ。

光琉を捕らえ、彼の屋敷から無事に脱出しなければ、宮城には帰れない。

（帰るんだ、絶対に……そして朱樹を皇帝にしなくちゃ）

いつしか震えは止まっていた。朱樹に支えられながら、莉世はようやくまともに立ち上がる。目の前にいる光琉——すべての元凶である彼と対峙するために。

「まさかここで朱樹さまが登場されるとは……いったいなぜわかりました？」

光琉はさして動揺する様子もなく、椅子に座って茶を啜っていた。

「俺に関する噂や、度重なる凶手騒動——いったい誰の仕業かと、長らく探り続けていた」

「が、私は上手くやっていた。おわかりにはならなかったでしょう？」

たしかに、と朱樹はうなずく。

「あやしいとは思いつつも、決定的な証拠はつかめなかった。が、莉世が何者かに拐かされたとの一報が入り、その行方を捜した結果、ここにたどり着いた」

「えっ、どうやって？」

つい横から質問すると、朱樹はこちらに視線をくれた。

「麗佳が教えてくれた」

「なるほど、たしかそこに転がる侍女は以前、あなたの御母上の侍女だったのでしたね」

いち早く状況をのみ込んだ様子の光琉だったが、莉世は困惑していた。

「ちょっと待って、もしかして……あなたが買収したのって、麗佳なの⁉」

てっきり警備兵のうちの誰かだと思っていたのに、まさか彼女と通じていたなんて予想だにしていなかった。そんな、と莉世はあんぐりと口を開ける。

「おまえが行方知れずになったとの報告を受けて、俺はすぐにおまえの捜索を開始した。が、すでにおまえは連れ去られたあとだったんだろうな。宮城内をいくら捜しても見つけられず、手詰まりになっていたところに、この衣だ」

朱樹は袖の中から桃色の布を取り出し、莉世に渡してきた。すぐにわかった。それは麗佳が今、身につけている衣と同じもの――引きちぎられた彼女の袖だ、と。

「拉致される最中に、なんとか行き先を知らせなければと考えたんだろう。ひとつは街に繋がる西門の外に落ちていたそうだ。そしてもうひとつは大通りからこの屋敷の方角へ曲がる箇所に。そして最後のひとつはこの屋敷の前に」

つまり莉世と麗佳が城外へ連れ出され、光琉の屋敷へ連れ込まれたという合図。

そのため朱樹は、単身馬を駆り、光琉の屋敷へ乗り込んできたのだという。

「衣を見つけるのに手間取ってしまったからな、ずいぶん遅くなってしまったが」

間に合ってよかった。

そう呟いた彼は、またしてもこちらに視線をよこすと、ほうっと息を吐く。

「ああ、そういえばここに来るまでにかなりの兵と遊んでやったからな、感謝しろよ」

朱樹は光琉に見せつけるように、血に濡れた刀身をひらめかせた。

しかし一方の光琉は、それでも顔色ひとつ変えない。

「そうですか、それは皇子殿下のお手を煩わせることになりまして、申し訳ありません」

なぜそんなに余裕なのだろう。朱樹の登場で逆に窮地に陥ったのは、光琉のはずなのに。

「なにを企んでいるんですか……？」

とにかく不気味だった。

「まだ何かあるんですね？　だからそうやっていられるんですね？」

「いいえ、とくに何もありませんよ。ただそろそろ客人が来る予定なのでね、ぜひお二人にも会っていただきたいと思いまして」

彼は手にしていた扇を広げ、優雅に扇ぎ始める。

「――ああ、ちょうどいらしたようだ。ほら、足音が聞こえてきたでしょう？」

やがてその言葉のとおり、莉世と朱樹の背後にある扉が廊下側から開かれた。

「光琉、いったい何があったんだ？　君の兵がずいぶん倒れているけど」

「蒼季⁉」

莉世と朱樹は同時にその名を口にした。驚くことに、姿を現したのは蒼季だったのだ。

「兄上……莉世？　なぜここに……？」

「こっちのせりふよ！　どうしてあなたがここにいるの⁉」

噛みつくように問うた莉世だったが、朱樹はすでに事態を把握したようだ。「くそっ」と苛立たしげに舌打ちをし、右手で額を押さえている。

「ずいぶんと悪趣味だな、光琉よ。まさか蒼季を使う気か……！」

どういうこと？　その言葉の意味がわからなくて、莉世は首をかしげた。

「さすがに察しがいいですね、朱樹さま。そう。有能なあなたのことだ、ここを嗅ぎつける可能性も皆無ではない。そのためあらかじめ蒼季さまをお呼びたてしていたのですよ」

光琉は自身の腰に下げていた長剣を手に取り、無造作に放り投げた。それはがしゃり、と騒々しい音を立てて、蒼季の足元に着地する。

「さあ、それをお取りください、蒼季さま」

「光琉……？　いったい何を」

「あなたの手で、朱樹さまと凰妃を殺すのです」

「――⁉　なんだって⁉」

今初めて光琉の企みを知ったのだろう。蒼季は雷に打たれたように全身の動きを止めた。息をすることすら忘れてしまっていたのか、やがて身体を折り曲げて咳き込み始める。

「な、なぜ兄上と莉世を……！」

「私とあなたの御母上が結託していることは、さすがにお気づきですね？」

しばし考え込んだのち、蒼季は苦々しい顔でうなずいた。

「蒼季、知ってたの⁉」

ぎょっとする莉世に、「確信は持てなかったが」と、悔しげに拳を握る。

「光琉があからさまに母を訪ねてくることはなかった。が、莉世の部屋で出された茶や菓子の数々。君は光琉から差し入れられたと言っていたけど、あれらはすべて母の故郷——果南産の最高級品で、母のもとにのみ献上されているものだ」

それらのことから、なんらかの繋がりを持っているのではないかと懸念していたらしい。

「蒼季さま、私は淑妃さまから託されているのですよ。どんな手段を講じてでも、あなたを皇帝にしてほしい、と。けれど凰妃は、次の王に朱樹さまを選ぶつもりだ。となると凰妃に消えていただくしかありますまい？　そして優秀であるばかりにこの場を突き止めてしまった朱樹さまにも」

「僕は皇帝になることなど望んでいない……！」

蒼季は吐き出すように言った。それは今初めて明かされる、彼の本心だった。

「僕はただ……ただ、国を盛り立てられればと……」

「まさか兄上さまのもとで、と思っていらっしゃるわけではありますまい？」

図星だったのだろう。蒼季ははっとした様子で顔を上げた。

そしてもごもごと口ごもる。どうしていいのか、まったくわからないといった様子で。

「言って！　蒼季！」

莉世は願った。

「朱樹と一緒に国をよくしたいと思うなら……朱樹のことが好きなら、そう言って！」

朱樹に対して、刺々しい態度——あるいは子どものように拗ねた態度をとり続けていた蒼季。でも莉世は感じていた。彼はきっと、兄である朱樹のことを慕っているに違いない。けれどそれを表に出せない理由が何かあるのだ、と。

「きっとできる！　あなたが望むなら、朱樹と一緒に国をよくすることができるから！」

しかしそこで、光琉がようやく椅子から腰を上げた。

「いえ、そんなことは無理だ」

彼はゆったりとした足取りで蒼季のもとへ進むと、その眼前に立つ。

「あなたの存在価値はなんですか。あなたがあなたとして生まれた意味は？」

「僕が、生まれた意味……？」

蒼季は視線をあちこちに泳がせたのち、自信なさげに唇を嚙んだ。

「あなたは皇帝になるためだけに生を受けた——もうずっと、お母さまにそう言われ続けてきたはずだ。あなたはいずれ王になる。ならなければ意味がない。なぜならそれだけのために今ここにいるのだから」

「いや、違う、僕は……！」

「簡潔に申しましょう、蒼季さま。皇帝になれないのなら、あなたなど誰からも必要とされないのですよ！　あなたなどただの傀儡なのだから、素直にお母さまに従って——」

「光琉！」

呪いのような言葉を遮ったのは朱樹だ。けれどすでにその言は、蒼季の心の中に侵入してしまっていた。彼は「あ……」と喘ぐような声をもらしながら、頭を抱える。

「いいですか蒼季さま、あなたが朱樹さまとともにいられるわけがないのだ！」

「聞くな、蒼季！」

「まさか八年前のことを忘れたわけではありますまい!?」

八年前——ここで突如飛び出したそれに、莉世はごくりと息をのんだ。

八年前、朱樹と蒼季の間に何かがあったということは予感していた。その何かは、それまで仲睦まじかった二人の関係性を大きく変えてしまうほどに重要なものだった、と。

ではそれはなんなのか？　息を潜めて注視していると、光琉が笑いながら言った。

「八年前、朱樹さまの御母上——雪鈴さまを手にかけたのは間違いなくあなたのお母さまだ！　ははっ！　淑妃さまが雪鈴さまを殺されたのですよ！　愛する母上を殺した敵の息子のことを、朱樹さまが許すとお思いですか？　いや、そんなことできるわけがない！」

「光琉！」

「朱樹さまはあなたを憎んでいる！　いや、憎むという感情すら抱いていない、ただあなたのことを煩わしく思うだけだ！　関わりたくないと考えているだけ！　だからあなたに怒りをぶつけることすらしないのだと、もう何度も教えて差し上げたでしょう!?」

「黙れ、光琉！　この雑魚が……勝手に俺を語るな！」

なんとしてでもその口を閉じさせようと思ったのか、朱樹は光琉の頬を殴りつけようとした。しかし光琉は、それをひらりとかわす。

「殺したって……ちょっと待って、そんな……」

その時、莉世は、頭を鉄槌で殴られたかのような衝撃を受けていた。

（まさか、本当に……？　八年前に、そんなことがあったの……!?）

あまりのことに動揺してしまい、思考が上手く働かない。何かを言わなければと思うのに、どうしてか声を発することができないのだ。目の前では蒼季が、光琉に苦しめられ続けているというのに。

「蒼季さま、あなたにはもうあとがないんです！　淑妃さまはまたしてもこうして罪を重ねられた。ではあなたにできることは何か？　ここで二人を討つことだ！」

「二人を……討つ？」

「そうです。それが淑妃さまの願いだ！　でしたらもちろん叶えて差し上げるべきでしょう!?　だってあなたの存在価値はそこにしかないのだから……！」

「――そろそろ死ぬか、光琉」

朱樹は腰の鞘に戻していた長剣を引き抜いた。それを光琉の首元に突きつけ、言う。

「俺の弟を苛めたことを、次の世で後悔するんだな」

しかしその時、莉世の目の前で白刃がひらめいた。

「蒼季、おまえ……！」

朱樹の剣をなぎ払い、彼に自らの剣先を向けていたのは、ほかでもない蒼季だった。

「蒼季！　どうして!?」

やめて、と莉世は絶望に口元を覆った。なぜここで朱樹に剣を向けるのか。なぜ光琉に従ってしまうのか。なぜ、なぜ。疑問ばかりが頭の中で渦を巻き、急激に息苦しくなる。

「やめて……蒼季、お願い……！」

しかし彼は、莉世の声など――いや、もはや誰の声も聞こえていないようだった。

「僕の、存在価値……そこにしか……ない……」

紫色の瞳から、完全に光が失われている。うわごとのように何かを呟きながら、身体をゆらゆらと不自然に揺らしている。その様はまるで、魂の抜けた操り人形そのものだ。

「蒼季！　どうしちゃったのよ！」

とにかく正気に戻ってもらいたいと、莉世は彼のもとに走り寄ろうとした。

けれどすぐさま朱樹に制止される。

「来るな！　今のあいつはまともじゃない！」

朱樹は身を守るように剣をかまえると、蒼季と――弟と正面から向かい合った。

「くっ……ははっ！　そう、それでいいのですよ！　なんて愉快なんだ！　皇子同士で殺し合うなんて……！　さあ蒼季さま、殺りなさい！　あなたとあなたのお母さまのために！　ここであなたが従わなければ、今度はお母さまが朱樹さまに手をかけるだけだ！」

たしかに以前、淑妃は蒼季に言っていた。今すぐ自分に従え、と。『でなければあの女のように……八年前のように、この者もあの者も消えることになるのよ？』と。

「お母さまに殺られるくらいなら、ここであなたの手で送って差し上げなさい！　敬愛する兄上が、せめて苦しまないように……！」

「兄上を……苦しませないように……？」

まるで本当の傀儡だ。光琉に命じられると同時、蒼季は朱樹めがけて剣を振り上げた。

「蒼季……！　目を覚ませ！　他人の言葉などに支配されるな！」

それでも朱樹の声は届かない。蒼季は一心不乱に剣を振り、攻撃し続ける。

（嫌だ……どうして二人が戦わなければいけないの!?）

目の前で繰り広げられる現実に心が押し潰されそうになり、つい目を背けたくなった。

「蒼季……くっ！　俺の声を聞け！　正気に戻るんだ！」

その時、蒼季の剣先が朱樹の左肩をかすめた。「ひっ」と莉世が息をのんだ直後、切り裂かれた肩口が鮮血に濡れる。

このままではだめだ。朱樹はきっと、弟を傷つけることなどできやしない。ということは彼は、そのうちに死んでしまうかもしれない――！

（そんなの、いや!!）

刹那、莉世の身体はひとりでに動いていた。

「――もうやめて！」

両腕を広げ、刃を交える二人の間に割り込んだ。朱樹に向かって突き出された剣先。それをどうにかよけ、飛びつくように蒼季に走り寄る。面食らったのだろう。「くっ」と一瞬、彼の動きが止まった。その隙を見逃さず、全体重をかけて彼を床に押し倒した。

「莉世！　おまえは出てくるな！」

背後から朱樹の声が飛んできたが、もう止まらない。

「蒼季！　何やってるの、あなた！」

蒼季の胸元にしがみつき、あふれ出る想いをそのままぶつける。

「お願いだからもうやめてよ……なに好きにされてるの！　さっさと目を覚まして！」

しかし蒼季はまだ抵抗をやめない。どうにか自由になろうと、身体をよじる。

「逃がさない、絶対に！」

莉世は手指の先にまで渾身の力をこめた。

「どうしてあんな人の言葉に従うの？　お母さまにずっと支配されてきたから？　でも今のあなたは操り人形になんてならない！　だってあなた、ずいぶん変わったもの！」

そう。この三か月で、彼は目覚ましい変化をとげた。

たしかにその心の内には、いつだって迷いや躊躇いがあったのかもしれない。けれど莉世の部屋で朱樹とともに朝食をとるようになってからの彼は、貼りつけたような笑みを浮かべることも少なくなり、異性と戯れに夜を過ごすことも控えるようになった。

莉世に贈ってくれたプレゼントの数々。あれだって毎回、彼自身の意志で選んでくれたものだ。たったそれだけのことだけれど、彼にしてみれば大きな変革だったに違いない。なぜならそれらが、母親の支配から抜け出す第一歩だったのだから。

「お願い……気づいて！　自分の強さに……！」

そして今度こそ自分の意志を大切にしてあげて！

そう口にした瞬間、莉世の目から大粒の涙がこぼれ落ちた。

それは次々あふれ、頬をつたって、やがて蒼季の頬に落ちていく。ぽたり、ぽたりと。

（だめ……泣いてる場合じゃないのに）

そうとわかっていても、堰を切ったように流れ出した想いは止まらない。いくら止めようと試みても、意志に反して莉世や蒼季の頬を熱く濡らすのだ。

「ごめん……泣くつもりなんてなかったのに」

ばつが悪くなって謝った時、ふと頬にふれる温かな手があることに気づいた。

「なみだ……莉世？　泣いているのか？」

はっとして顔を上げると、その手は蒼季のものだった。

「蒼季!?　戻ったの!?」

ようやく正気を取り戻してくれた！　と、喜びに目を輝かせた莉世だったが。

「あっ……！」

気がゆるんだ隙を突かれ、身体をぐいと押しのけられた。しまった！　と後悔してももう遅い。莉世をどけて自由になった蒼季は、剣を片手にすっくと立ち上がる。

「だめ、やめて……！」

彼が向かった先には、血で濡れた肩口を手で押さえる朱樹がいた。

彼はきっと、戦わない。だって弟を傷つけることなどできやしないから。

そしてそういう優しい人だからこそ、莉世は彼を次の皇帝に選ぶと決めたのだ。

「蒼季、やめて……！」

「──覚悟！」

莉世の悲鳴と蒼季の叫び声が、重なり合って部屋中に響き渡った。

振り上げられる白刃。腹をくくったのか、朱樹は抵抗するそぶりもなく、ただそこに立っている。そしてその背後には期待に目を爛々とさせる光琉がいた。

（嘘になっちゃう……！　何度でも助けるって、そう言ったのに）

張り裂けそうな胸に手をあてながら、莉世は朱樹の琥珀色の瞳をひたと見つめた。

すると彼は、莉世の視線に応えるかのようにこちらを見て、そして小さくうなずく。

なぜかその時、心配するな、と、そう言われているような気がした。

「──覚悟！　光琉！」

（え……？）

その時、信じられないことが起きた。

朱樹に向けられたはずの剣先。けれど蒼季は、朱樹の背後にいる光琉めがけて刃を振り下ろしたのだ。

「蒼季、あなた……！」

光琉の服が胸元から腹にかけて切り裂かれたと同時、彼の口から押し潰されたような声が飛び出した。

「俺の弟をみくびるなよ、光琉。いつまでもおまえに好きにされるわけがないだろう？」

蒼季の隣に立った朱樹が、床に仰向けに倒れ込んだ光琉の肩口に剣を突き刺す。

「ひっ……何をする！」

「安心しろ。動きを封じただけだ」

どうやら衣を床に縫い止めるようにしたらしい。蒼季の攻撃も浅手だったのか、胸元を血に濡らしながらも、光琉はじたばたと動いていた。

「蒼季、あなた……戻ったの!?」

たまらず駆け寄った莉世の前で、蒼季はくずおれるように床に倒れ込んだ。

そして大きな息を吐くと同時、仰向けになって両手をあたりに放り出す。

「何をやっているんだ、僕は……まさか兄上に剣を向けるなんて……！」

気づけば彼の紫色の瞳が濡れていた。やはり正気を取り戻したのだろう。悔しげに噛みしめられた唇が、がくがくと震えている。

「いつだってこうだ……僕がしっかりしていないせいで、兄上に迷惑をかける。八年前もそう。僕の母が雪鈴さまに手をかけたせいで、兄上と春鈴を苦しませて……」

それはずっと、蒼季が背負い続けてきた自責と悔悟の念なのだろう。「すみません、兄上」と朱樹に告げられた言葉は、蒼季の涙とともに床の上に落ちていく。音も立てずに。

「恨んでいるのなら、詰ってください。憎んでいるのなら、そうとおっしゃってください。何も言われないのが一番つらいのです……！　ですから僕は、あんな態度を」

朱樹に対してとり続けてしまったのだろう。どうしていいのかわからなかったからこそ。

「謝るな、蒼季」

朱樹は蒼季の横で膝をつき、投げ出された彼の手をとった。

「前にも言っただろう。おまえは悪くないと」

「ですが……！」

「悪いのは親父だ。嫉妬心からおそろしい行為に走る淑妃を、親父は止めることができなかった。……いや、あるいはあえて止めなかったのか……結果、咎人が淑妃だとわかっていながらも、罪をあやふやにしたんだ。この国のために……政を円滑に進めるためにな」

朱樹曰く、彼の母である貴妃も、蒼季の母である淑妃も、どちらもこの国の主要貴族の出自であるらしい。そのため罪を明らかにすれば、国を二分するような争いが起こるおそれがあったのだとか。

「この際だからはっきり言おう。俺はおまえを憎んでなどいない」

きっぱりと言い切られたその言葉に、蒼季の瞳にふたたび涙が浮かんだ。

「それよりも、大切なのはこれからだ。過ぎたことに囚われて、俺は大切な弟を失うつもりはないぞ」

そして、言う。まるで蒼季に新たな呪文をかけるかのように。

「おまえはもう、自分ひとりの意志で歩くことができるだろう?」

「僕、ひとりで……?」

「そうだ。母を捨て、過去の呪縛から逃れ、新しい道を歩くことができるだろう?」

そう、朱樹と蒼季と兄弟二人、力を合わせて。

「それこそが俺たちが目指す姿だ」

朱樹は笑う。唇の片端を持ち上げて、自信たっぷりに。

「それこそが俺たちと国の新たな未来だ。……違うか?」

「兄上……」

もう我慢できないといった様子で、蒼季は自身の目元を腕で覆った。

その下からは絶え間なく涙があふれていたが、莉世はそれを見て見ぬふりをした。

不条理な想いは、涙とともにすべて流してしまえばいい。そしてここから新たに立ち上がればいいのだ。自分が心から大切に想う人と、ともに。

「残念だったな、光琉。おまえはこれで終わりだ」

立ち上がった朱樹に習うように視線を動かすと、床に転がったままの光琉は、さすがに苦悶の表情を浮かべていた。

「くっ……まだだ、まだ私はあきらめないぞ!」

どこまで往生際(おうじょうぎわ)が悪いのか。朱樹が突き刺した剣を抜き、這(は)うようにして扉の前へと移動する。けれど彼が扉を開けた先には。

「ふぉっふぉっ、どこに行かれるおつもりですかのぉ、光琉殿(どの)」

楽しげに目を細め、白い髭(ひげ)をなでつける零玄が待ち構えていた。

その背後には、武装した数多の兵士たちの姿が。どうやらこの屋敷はすでに軍の兵士たちによって包囲されているらしい。

「くそっ……くそっ！　なぜ私が！　なぜ捕らえられなければいけないのだ！」

たちまち拘束された光琉は、連行されながらもじたばたと暴れ続けているようだった。

「おい、私を誰だと思っている！　王族だぞ！　皇帝に一番近い男だぞ！　私にふれていいのは陛下だけだ！　汚(きたな)い手で触(さわ)るな……！」

「おお、あれほどに元気な御方だったとは驚きですのぉ」

呆(あき)れたように言いながら、零玄はいまだ寝転(ねころ)んだままの蒼季のもとへやってくる。

「さて、朱樹さまも蒼季さまも凰妃も、おつかれさまでした。陛下がお呼びですので、ただちに宮城にお戻りください」

「どうせおまえもあいつも、今回こうなることを予想していたんだろう？」

面倒(めんどう)くさそうに息を吐く朱樹に、「もちろんです」と零玄はあっさり答える。朱樹が言う『あいつ』とは、つまり父である皇帝のことだろう。

「次代の王が決まる際に、どうせなら不穏分子も排除(はいじょ)してしまいたい――それが陛下のお望みでした。ですがそれは、陛下ご自身がされることではない、と」

次の世を担う皇子たちの役目であると判断し、成り行きを見守っていたのだとか。

「あの狸親父が……まあいい。こうして蒼季を取り戻すことができたからな」

朱樹は蒼季の手をとると、「行くぞ」と彼の身体を起こした。

「……ええ、兄上」

その頃にはすでに、紫色の瞳は乾いていた。蒼季は少し照れくさそうに、けれどどこかすっきりとしたような顔で、こちらを振り返る。

「ありがとう、莉世」

「さっさと帰るぞ、宮城に」

差し出された二本の手に、莉世は自然と自分の手を重ねた。

大きなその手の中には、たくさんの未来が詰まっているような気がして、莉世の胸の内はほのかに温かくなった。

神仙も眠るといわれる深夜。

汚れた衣を着替え、身支度を整え終えた莉世、朱樹、蒼季が連れてこられたのは、内廷にある皇帝の私的な執務室だった。

「ふぉっふぉっ、皆さん揃われましたのぉ」

零玄の言葉を受けて、莉世と二人の皇子は床に膝をつき、頭を垂れた。

玉座に悠々と腰を掛ける皇帝と、その背後に立つ零玄。三か月ぶりに顔を合わせた皇帝は、やはり独特な威圧感を醸し出していて、莉世はつい萎縮してしまう。

「朱樹、蒼季、そして凰妃よ。そなたたちの働きによって光琉を捕らえることができた。礼を言うぞ」

その言葉に、莉世の隣にいる朱樹が「ちっ」と舌打ちをした。皇帝のやり方がどうにも気に入らない様子の彼は、光琉の屋敷を出たあともずいぶん機嫌が悪そうだった。

「で、本日が――ああ、もう日付が変わったか。正しくは昨日が約束の三月目だったが」

ちらり、と皇帝から視線を送られれば、どきり、と莉世の鼓動が大きく跳ねる。

「凰妃よ、そなたの結論を聞こう」

つまり二人の皇子のどちらを次の王と決めたのか、今、明かせという命令だった。

（……きちんと伝えよう、わたしの想いを）

なぜ自分が凰妃として選ばれたのかは、どれだけ考えてもやはりわからない。なぜ『結城莉世』としての人生を強制終了されて、この世界での生まれ変わりを強いられたのかも。

けれどこれですべてが終わるのだと、莉世はひとつ、深呼吸をする。

この日のために、皆とともに過ごしてきた。たくさん話して、笑って、怒って――難しい問題や嫌な出来事も多々あった。けれど今は、彼等と出会えたことを感謝している。

「わたしの結論を申し上げます」

背筋をのばし、顔を上げて顎を引き、皇帝の瞳を見つめる。

「わたしが次代の皇帝として推薦するのは、第一皇子殿下」

そう。

「――朱樹さまです」

その名を告げた直後、胸にこみ上げてくるたくさんの想いがあった。

それらはなぜか莉世の目頭を痛いほど熱くする。小刻みに手足を震わせ、呼吸を乱す。

だから莉世は顔をうつむけずにはいられなかった。

「……そうか、朱樹を選んだか」

ひとりごとのように言ったのち、皇帝は立ち上がった。

「これが凰妃の——ひいては鳳凰の意志だ」

すると突如、蒼季が口を開く。

「父上、僕の意志は先ほど告げたとおりです」

意志？　先ほど告げた？　どういうことだろうと、莉世はようやく顔を上げた。

皆の困惑を感じ取ったのだろう。すぐさま皇帝がその意味を説く。

「実は先ほど、蒼季から余に話があったのだ」

皇帝曰く、皆が集まる前に皇帝の元にやってきた蒼季は、こう言ったのだとか。『父上、僕は王位継承権を放棄いたします。——決めたのです。僕は兄上の下で、兄上の臣として、この国を盛り立てる努力をしたい』と。

「蒼季、おまえ……」

驚いた様子の朱樹の前で、蒼季はひとつうなずいた。

「もう迷いません。支配もされません。ここから自分の足で立ち、歩いていきたいのです」

両の拳を力強く握った彼は、まるで国の未来を見つめるかのように、まっすぐ前を見つめていた。揺るぎのないその姿を目にし、いつしか莉世の胸は高鳴り始める。

（これが、本当の蒼季……？）

その表情も立ち姿も醸し出す雰囲気さえも、かつての彼とはまるで違う。そうか、と即座に悟った。ここにきてようやく、真の彼に出会えたのだ、と。

そして朱樹と蒼季の新たな関係性こそ、莉世が目指したものだ。兄弟同士で競い合うのではなく、それぞれが自身の役目や適正を認識し、互いを助け合って生きていく。これこそが理想であり、よりよい国を創るための最善の方法だろう。

「お願いです、兄上。ぜひ僕に手伝わせてください」

蒼季は朱樹の瞳をひたと見つめていた。

「兄上が八年前に雪鈴さまとされたお約束――それを果たすお手伝いをしたいのです」

この時、莉世はようやく知ることとなった。以前、『この国を守り、今以上に繁栄させることが、俺が果たすべき約束だからな』と言っていた彼。その約束をした相手というのが、今は亡き彼の母であるということを。

（それをどうにか守ろうと、努力し続けてきたの……？）

彼のその一途な想い。それがいじらしく思えて、胸が切なくなる。

「凰妃、そなたに礼を言うぞ。あの日、そなたが宣言したとおりに、息子たちを立派な皇子にしてくれたな」

皇帝からねぎらいの言葉をかけられれば、ここ三か月の思い出があらためて走馬燈のように脳裏を駆け巡った。しかしそれに浸っている場合ではない。

「では陛下、わたしとの取引は……」

「成立だ。そなたの好きにするがよい」

「本当ですか!?」

莉世は跳ねるように立ち上がった。

「本当に……本当によろしいのですね⁉」

しつこいほどに念を押すと、皇帝は「ああ」とたしかにうなずく。

すぐさま背後にいた零玄が「陛下」と声を上げるが、皇帝は右手を挙げ、臣の言葉を遮った。それにより莉世と皇帝との取引――皇子たちを教育し、更正させる代わりに、王の選定が終わったのちは莉世を自由にする、との約束が果たされることとなったのだ。


「わあ、きれいな空……」

皇帝の執務室を出ると、目に飛び込んできたのは、朝焼け色に染まり始めた空だった。どうやらそろそろ夜が明けるらしい。冷え込んだ空気を肌で感じ、莉世は無意識のうちに衣の胸元をかき合わせる。

「しかたない。今日はこのまま仕事に出るようかな」

そう言って欠伸をしている蒼季の息が、寒さで白く染まっている。

「わたしは部屋に戻るね。麗佳も待ってるだろうし」

そうしてさっそく歩き出そうとした莉世だったが、少し遅れて皇帝の執務室から出てきた朱樹に、「ちょっといいか」と呼び止められた。

「あー、じゃあ僕はここで。今日はありがとうございました、兄上。莉世、またあとでね」

蒼季はひらひらと手を振りながら、さっさとこの場から去っていってしまう。

「ええと……何？　どうかした？」

どうしてか朱樹は、真剣な――いや、どちらかと言えば不機嫌そうな顔をしていた。

莉世たちが部屋を出たあと、皇帝に何か言われたのだろうか？　その険しい雰囲気に、つい気圧されそうになってしまう。

「ここじゃなんだからな、行くぞ」

「え、だからなんの話なの!?」

朱樹は莉世の腕をつかむと、莉世を引きずるようにして歩き始めた。

そうして連れて行かれたのは、莉世の部屋の近くにある庭園だった。東屋に灯された提灯の火は、まだ薄暗いあたりを照らしていて、朝と夜の狭間を幻想的に彩っている。

ひときわ大きな柳の木の下までやってくると、ようやく朱樹は立ち止まった。

「なぜ、俺を選んだ？」

彼と向かい合う格好になったと同時、いきなりそう問われた。

「なぜって……」

思わぬ質問に、つい戸惑ってしまう。

「き、急に何？　理由を言わなくちゃいけないの？」

この状況下で口にするのは、なんだか気恥ずかしかった。

「おまえの口から、あらためて聞きたい」

「どうして？」

「俺の妻になるおまえが、いったいなぜ俺を選んだのか、気になるからだ」

妻になる。そう聞かされて、思わずびくっと身体が跳ねた。

そうだ、朱樹はまだ知らないのだ。先ほど成立した莉世と皇帝の取引の内容が、どのようなものであるかを。だから即位することが決まった今、当初の予定どおり莉世を娶ることになると信じて疑っていないのだろう。

(もうじきあなたとわたしは、なんの関係もなくなっちゃうのにね)

莉世はくすりと笑った。自らが望んで求めた取引。けれど実際にそれが成立すれば、どうしようもなく胸が痛くなって、そんな自分をおかしく思った。

「ねえ、あなたが皇帝になれば、この国はきっともっといい国になるんでしょ?」

無意識のうちに、朱樹の大きな手を両手で握っていた。

(即位したあなたは、どんな人と結婚するのかな)

彼がこの先、どのような女性を伴侶と選ぶのかはわからない。けれど人に対して深い愛情を持つことのできる彼のことだ。おそらくその相手は、彼とともに幸せになれるだろう。

「……あなたが、この国の民ひとりひとりを思いやれる人だったから」

自分の両手の中にあるその手を、ぎゅっと握りしめる。

「そんなあなたに惹かれたから……だからあなたを選んだの」

さまざまな想いを込めてそう告げれば、彼はほっとしたように息を吐いた。

そして莉世が握っていない方の手を、おずおずとのばしてくる。莉世の頬に向けて。

「しかしおまえは……とんでもない女だな」

　言葉とは裏腹、切れ長の目元が優しげに細められた。

「気は強い。ちっとも俺に従わない。目を離すとすぐに騒動に巻き込まれるから、おちおち安心してもいられない」

　こんなやっかいな女はほかにいない、と、溜息交じりに彼は言う。

「だから俺が引き受けてやる。……引き受けて、一生涯愛してやる」

「やめてよ。そんなこと言われたら……」

　心が、動いてしまいそうになる。かたり、と。まるで、彼の心に引き寄せられるように。

　けれど勘違いしてはだめだ。なぜならこの言葉は莉世ではなく、凰妃に向けられたもの。

　彼は知らないから――莉世がこの宮城を去ることを。近い将来、自分の妻になるであろう莉世と、上手くやっていきたいからこそ、そう言っているだけなのだ。

「前にも言ったが、もう一度言うぞ」

　何を？　と首をかしげている間に、彼の琥珀色の瞳に逃れようもなく捕らえられた。

「俺は、おまえを逃がすつもりはないからな」

　それはまるで、呪文のように。そして幸せな未来を予感させるかのような言葉だった。

「――おまえは必ず、俺の妻になる」

終章——新王の隣に立つ者は

次代の皇帝には、第一皇子である朱樹が即位する。

それはすぐさま朝廷や市井に交付され、即位式の準備は急速に進められた。

とくに主役である朱樹は今まで以上に忙しくなり、おいそれと莉世のもとを訪ねることなどできなくなってしまった。

けれど莉世と蒼季と朝食をともにする習慣だけは、いまだに続けられていた。

本来であれば、その時間を捻出することすらも難しいであろう朱樹。それなのに彼は、どれだけ寝不足であっても、予定が詰まっていても、その時ばかりは必ず顔を出したのだ。


そうして、あっという間にひと月が過ぎた。

「いよいよ本日ですのぉ、朱樹さまの即位式」

その時、皇帝はとある建物の三階の窓から、ぼんやりと外を眺めていた。

「おお、あそこにいるのは朱樹さまと凰妃じゃ。王よ、見えますかの？」

零玄の言葉に、ゆるりと首を巡らせる。すると後宮と内廷とを結ぶ外廊下に、若き二人の姿を見て取ることができた。

「ふぉっふぉっ、まるで若かりし頃のあなたさまと雪鈴さまのようですのぉ。あの時、あなたさまも、必死で雪鈴さまを引き留められた」

懐かしいな、と目を閉じれば、まぶたに映し出されたのは誰よりも愛したその人の笑顔。

「雪鈴……朱樹はそなたとの約束を果たせそうだぞ」

死にゆく彼女と息子が交わした、最後の約束。

『愛しい朱樹。陛下とわたくしの息子として生まれた、可愛い可愛いあなた。生涯国と民のために尽くしてね。そしてこの国をより繁栄させると約束してね』

それを守るために今、朱樹は大きな一歩を踏み出そうとしている。

「さて、このあと朱樹さまは凰妃をどうなされるのか……陛下の見解は？」

「自分の息子だ。あれのことはよくわかっている」

だからあえて自分が凰妃をここに留めなくても問題ないと、そう判断したのだ。

「鳳凰からの託宣も違えることなく叶えられるだろう」

ならばなんの文句もないだろう？　そう背後を振り返れば、零玄は「ええ」とうなずいた。

「しかし光琉さまの件は残念でしたなぁ」

その瞬間、皇帝の脳裏に彼の姿が浮かんだ。

歳の離れた従兄弟として、かつて弟のように、子のように慈しんだ存在。しかしいつしか彼の心は欲に蝕まれ、結果的に皇帝自らが裁かなければいけなくなった。

自分があと少しでも目をかけてやっていれば、あるいは結果は違っただろうか？

なぜなら彼が求めていたのは、誰よりも皇帝の側近くにあることだったのだから。

「しかし結果的には役立ってくれた。あれが事を起こさなければ、息子たちもまとまらなかっただろう」

我ながら無情な考えだ、と皇帝は自嘲気味に笑う。

そうしてもう一度、窓の外の景色に視線をやった。

（ああ、我らの国は美しいな……雪鈴）

眼下に広がるのは黄色い瓦屋根が並ぶ宮城の建物郡。そしてその向こうには、賑わいを見せる王都、央成がある。

「……礼を言うぞ、零玄。よくぞあの娘を凰妃に選んでくれた」

すると彼は、背後で「何を」と笑いつつ、碧玉の双眸をきらりと輝かせた。

「私はただ、いつまでもこの国を見守っていたいだけですよ」

そう、いつまでも鳳凰の加護があるように。

いつまでもいつまでも、皆が幸せであるように。そう願うだけなのだ。

「では凰妃さまは、本当に宮城から出て行かれるおつもりなのですか？」

「うん。これから執り行われる朱樹の即位式が終わったらね」

莉世の部屋から、内廷へと向かう道すがら。変わらず莉世付きの侍女として行動をともにしてくれている麗佳が、「そんな」と苦渋の表情を浮かべた。

「お荷物をまとめられていらっしゃることは知っておりましたが、てっきり朱樹さまの妃として後宮に入られるものだと……」

「もう住むところも用意してあるの。零玄さまに世話してもらった物件なんだけどね」

今後のことを相談すると、零玄はここ鳳国の王都、央成に建つ小さな屋敷を住まう場所として提案してくれた。そしてさらに、その近くの道寺で子どもたちに勉強を教える師となれるよう、関係者に莉世を紹介してくれたのだ。

「わたし、また教師になれるの。それが嬉しくて！」

声を弾ませて言うと、一方の麗佳はやはりその顔色を曇らせた。

「ですがその件、まだ皆さま——朱樹さまや蒼季さまにお話ししていないのでしょう？」

「うん……でも今日、言うつもり。即位式で、凰妃の務めを無事に果たせたら」

莉世はふと自身の姿に視線をやった。

身につけた深紅の衣装に、結い上げた髪を彩る金細工の装飾品の数々。首や耳には大ぶりの宝飾品が輝き、いつもの自分よりだいぶ華やかに見える。

凰妃としての最後の役目——即位する朱樹の頭上に、皇帝の証である冠を載せるという大役を果たすために、麗佳をはじめとする侍女たちに支度を整えてもらったのだ。

「今日、みんなにちゃんと話して、そしてここを出て行くから」

　二人の皇子をはじめとする皆と別れること、とてもさみしく思う。

　けれどここは、いつまでも莉世がいていい場所ではないから。莉世がいなくなればきっと、朱樹だって本当に望んだ相手と結婚することができるから。

「だからそれでいいの」

　自分に言い聞かせるように呟いた時、「莉世」と、いきなり声をかけられた。

「ちょっといいか」

　反射的に振り返ると、そこには本日の儀式の主役である青年——朱樹が立っていた。

「ちょっ……ここで何してるの!?　もうすぐ式が始まるでしょう!?」

「すぐに済む」

　彼は金色の龍が泳ぐ、鮮やかな紫色の衣をまとっている。

　その二つは皇帝だけが使用することを許された、特別な題材と色。それらは端整な顔立ちの彼によく似合っていて、莉世はつい息をもらさずにはいられなかった。

「おまえにこれを渡しておこうと思ってな」

　彼は唐突に、莉世の手に何かを握らせてきた。

　これは？　とゆっくり手のひらを開いてみると、そこには金の台座に色とりどりの宝石が輝く、繊細な意匠の指輪がある。

「昔、親父が俺の母に贈ったものだ。母の形見として俺が受け継いだが、いつか妻になる相手に贈ろうと決めていた」

びっくりしすぎて声も出なかった。

「おまえに持っていてほしい」

唖然としながら顔を上げると、そこにはいつになく真剣な眼差しがある。

「朱樹、わたしは……！」

こうなってしまった以上、今、彼に明かさなければいけないと、慌てて口を開いた。

けれど彼は、莉世が言葉を続けるより先に、こちらとの距離をゼロにする。いきなり莉世の腰をかき抱くように手を回し、さらにもう一方の手を顎に添えてきたのだ。

「俺は言ったよな。おまえを逃がすつもりはない、と。もう二度も」

「あのね、今日言うつもりだったんだけど、わたし陛下と取引——約束をしていたの」

「知っている」

「わたしはここを去るの。だからあなたも無理にわたしを娶る必要はないんだからね」

「誰が無理に娶ると言った。俺はおまえが妻になることを望んでいる」

「え？」

そこでようやく我に返った。

今、彼はなんて言った？　皇帝と莉世との約束を、知っている、と言わなかったか？

「し、知ってたの!?」

「ちょっと待て、驚くべきはそのあとの言葉だろうが」

不満げに言われたが、すでに莉世は軽い恐慌状態に陥っていた。

「いつから！」

「光琉が事を起こした夜からだ」

あの夜――莉世と二人の皇子たちが集められ、次の王が朱樹だと決定した夜。莉世がいずれ宮城を去ることを、朱樹だけは皇帝から聞かされていたらしい。

たしかに、彼だけは皇帝の執務室から出てくるのが遅かったが。

「だってあなた、あのあとに庭園で……」

そう。朝焼け色に染まり始めた庭園で、莉世に言ったのだ。『おまえは必ず俺の妻になる』と。やっかいな女だと嘆息しながらも、『だから俺が引き受けて、一生涯愛してやる』と。

「あ、あなたもしかして……わたしのこと好きなの!?」

気が動転するあまりに、思わず直球を渾身の力で投げてしまった。

すると朱樹は、眉をひそめてしばし考え込む。

「好き、か……正直、この感情がなんなのかはわからないな。が、おまえを手に入れたいと、今すぐにでも抱きたいと思うんだ。誰にも――蒼季にも渡したくないと思う」

それが好きってことなのか？

真面目な顔でそう問われるが、莉世だってそんなものわからない。「し、知らない！」と答えるのがせいいっぱいだ。

「まあいい。その話はあとだ。とにかくこの指輪、渡したからな。なくすなよ」

「そんなこと言われても――」

困る、と口に出そうとした時、顎に添えられた手に力がこめられた。

何を、と戸惑っている間に、彼の琥珀色の瞳が近づいてくる。キスをされる。そう予感して後ずさろうとした瞬間、朱樹は莉世のことを壁に押しつけるようにしてきた。

「だから逃がさないと言っただろうが」

だめ、と声にならずに吐息がもれた。

だめだ、このままキスをされてしまったら、本当にもう逃げられなくなってしまう、と。

「お願い……朱樹」

お願いだからちょっと待って、と莉世は視線で訴えかけた。

けれど彼は待ってはくれない。首を傾け、目を閉じたかと思うと、いきなり空気を奪うような口づけをしてくるのだ。こちらのことなどおかまいなしに。

「やっ……無理」

なんとか顔を背けてその場にしゃがみ込むが、それを追うようにして朱樹も床に膝をついた。そしてまたしても莉世の言葉を奪う。両の頬に手を添えられ、強引に顔を上向けられれば、もう彼の好き勝手にされるしかなかった。

「……言え。俺のことを好きだ、と。あの時のように」

朱樹が指しているのは、おそらく先日の朝のこと。皇帝の部屋を出たあと、二人きりで話をしている時に、莉世はつい口にしてしまったのだ。『あなたに惹かれたから』と。

「やだ……言いたくない」

だって言ったらきっと、離れられなくなってしまうから。

「言いたくない、か。違う、とは言わないんだな」

今はそれでいい、と、彼はどこか満足げに目を細めた。

「続きは夜だ。何がなんでも言わせてみせるからな、覚悟しておけよ」

熱のこもった眼差しで、そう予告される。

「王になって戻ってくる」

そう言ってすっくと立ち上がった彼は、紫衣の裾を揺らして颯爽と踵を返した。

（って……だからそんなことを言われても困るんだってば！）

いまだ熱の残る唇を押さえながら、莉世は腰が抜けたようにその場に座り込み続けた。

「……今日のお引っ越し先は、やはり朱樹さまのもとになりそうですわね」

大丈夫ですか？　と、莉世の隣にひざまずいた麗佳が、意味ありげに微笑む。

「って、だから困るんだってば！」

上擦る声で叫んだのち、莉世は自身の右の手のひらをそっと開いた。

そこにあるのは、先ほど朱樹から渡された、金色の指輪。

それはまるで幸せな未来を誓うかのように、陽光を受けてきらきら光っていた。

あとがき

はじめまして、もしくはおひさしぶりです。秋月志緒です。

この物語をお手にとってくださり、ありがとうございます。

デビュー作以来、久々に中華風ファンタジーを書きました。どうか楽しんでいただけますように！　そう祈るばかりです。


ここからは謝辞を。イラストを担当してくださった宵宮しの様。莉世や朱樹をすてきに描いてくださいまして、ありがとうございます。

ご指導いただきました担当様。何から何まで本当にお世話になりました。

支えてくれる家族、新たな宝物にも、ありがとう。

そしてなにより読者の皆様へ、最大級の感謝を。

もしよろしければ感想などお聞かせください。

またお会いできることを願っています。

秋月志緒

■ご意見、ご感想をお寄せください。
《ファンレターの宛先》
〒102-8078 東京都千代田区富士見 1-8-19
株式会社KADOKAWA ビーズログ文庫編集部
秋月志緒 先生・宵宮しの 先生

■エンターブレイン カスタマーサポート
[電話] 0570-060-555（土日祝日を除く正午～17時）
[WEB] https://www.kadokawa.co.jp/（「お問い合わせ」へお進みください）
※製造不良品につきましては上記窓口にて承ります。
※記述・収録内容を超えるご質問にはお答えできない場合があります。
※サポートは日本国内に限らせていただきます。

僭越ながら、皇帝（候補）を教育します

ただし、後宮入りはいたしません

秋月志緒

2019年3月15日 初刷発行

◆アンケートはこちら◆

https://ebssl.jp/bslog/bunko/enq/

発行者　三坂泰二
発行　株式会社 KADOKAWA
〒102-8177 東京都千代田区富士見 2-13-3
（ナビダイヤル）0570-060-555
デザイン　島田絵里子
印刷所　凸版印刷株式会社

ISBN978-4-04-735488-3 C0193

定価はカバーに表示してあります。